国立《くにたち》狂騒曲

崔《さい》伽《か》菜《な》

文芸社

国立《くにたち》狂騒曲

目次

一

片倉由希は、首都高を西に向かって、走っていた。いつもなら中央高速の八王子インターまで突っ走って、そこから甲州街道に出て、家路に着くコースをたどるのだが、今夜は違っていた。

実は、週一回の割合で通っている整骨院に寄るためなのだが、由希は肩や背中の凝りがひどく、出来る事なら週二回のペースで通いたい、と思っている程なのだが、それはなかなか許されない現状なので、スケジュールの調整だけは人に任せず、週一回は必ず通えるように組み込んでいる。

物書きとしては、致命傷と言えなくもないが、いや、物を書くからひどく凝るのか、議論の分かれる所だが、これを生業《なりわい》としている由希としては、物書き故の宿命と諦め、週一回の治療を、ライフワークの一環と捉え、勤しむしかないのだ。特に、手書きの原稿にこだわる由希にとって（仕上げは事務所の女の子がワープロで打つのだが）、この通院は大事な意味を持つのである。

いつものように国立・府中インターで降り、国立駅方面へ向かった。駅近くの駐車場に車を入れるためである。

由希は国立の駐車場に車を預け、ＪＲに乗り換えて日野まで行く。整骨院は駅の真ん前にあるので、この方が時間のロスが少ない。というよりは、いつも高速を運転していると、高速を降りて一度日野まで戻って、また国立に戻るという行為は、目も疲れるし、心理的にも疲れるのだ。ちょっと電車に乗り換えて、歩くという事が気分転換になる。

国立には由希が親しくしている友人、知人が何人かいるので、場合によっては帰りにふらっと寄って、そこからはそのまま甲州街道を下って、高尾の家路を目指すのだ。

ただ、この整骨院へはいつも仕事場からの帰りに立ち寄るので、どうしても診療時間の終了ぎりぎりの時間に入って、閉める直前に出て来るので、大体国立に戻ると九時頃になる。それからふらっと寄るとなると、余程の無礼が許される親しい友人か、同年代の独り者の所と限定される。

それでも独り閉じこもって、構想を練ったり、原稿用紙に向かっている由希にとっては、その何分や何十分という時間が、リフレッシュタイムとなる事が多い。

今夜も既に事務所を出る時に、何人かの友人に電話を入れておいた。

その中で今夜寄れそうな所は、由希の思った通りであったが、最近結婚したばかりの白木百合江ちゃんの所である。彼女は新婚さんではあるが、ご主人の帰りが遅いので、ほんの徒歩二分の実家にほとんど入り浸り状態なのである。

国立駅近くのいつものパーキングに車を預けると、由希はJRの改札口へ向かった。中央線で日野駅は立川の次なので、ほんの五分である。

整骨院の受付を済ませ、治療のため腹這いになろうとしたところで、携帯のメロディーが鳴った。（しまった。うっかりして電源を切り忘れたみたい）

急用じゃなかったら、すぐ切るつもりで携帯を見ると、事務所の女の子（正式な社員ではある）、杉本沙知子からである。

何事かと思い、一応出る事にする。携帯を耳にあてた時、カーテンの外から、仕度は出来ましたかと、先生の声が掛かる。

由希は慌てて、

「済みません。携帯が鳴ったものですから。すぐ済ませますので」

と断わり、再度携帯を耳にあてる。

「沙っちゃん、どうしたの？　こんな時間に」

「社長、済みません。お取り込み中のところ。実は私、まだ事務所なんです」

「えっ、どうして？　六時過ぎに一緒に出たじゃない？」

「そうなんですけど、駅に向かっている途中で、R出版の浜崎さんから携帯に連絡が入りまして、社長の原稿を明日の昼頃までに仕上げてくれと言われまして……」

「また、浜崎君たら勝手に締め切りを変更しちゃって。それも私に言わないで沙っちゃんにこっそり連絡入れて来るなんて。どうせまた麻雀の予定でも入ったんでしょう。今度その手を使ったら、上司にチクるって釘を刺しておいたのに、どうしようもないわね」

「でも社長、社長の原稿は一応出来てますし、私がワープロさえ打てば仕上げられる訳ですし……」

「沙っちゃん、一度ならずも二度も同じ手に乗せられて。何故あなたがそんな無駄な残業をしなくちゃあいけない訳？　いい？　R出版の浜崎君には私から連絡入れとくから、今夜はさっさと帰りなさい。明日一日あれば、充分仕上げられるでしょ？」

「それは、そうなんですけど……」

「沙っちゃん、あなたはまだうら若き乙女だという事を自覚しなさい。八時にはビルの警備のおじさんも帰っちゃうのよ。何かあったらどうするの？　え？　そりゃあ、あなたが襲われるとは思わないけど。今、ビルの事務所を狙った強盗事件が、多発しているのは知ってるでしょ？　何かあった後じゃあ遅いのよ。明日の朝のニュースであなたの名前や顔写真を、見せられたくはないですからね。沙っちゃん、これは社長命令です。十分以内にそのビルから立ち去りなさい。この命令が聞けないようなら、クビですからね。分かった？　はい、結構。じゃあね、また明日。はい、おやすみなさい」

ほとんど一方的にまくしたてると、由希はようやく携帯の電源を切った。

急いで腹這いになると、

「済みません。準備出来ました」

と、声を掛けた。

先生は待ちくたびれたような声で、

「よろしいですか？　片倉さん」

と言いながら、カーテンを開けて入って来た。

「今日はどんな具合ですか？　先程の様子じゃあ随分調子良さそうじゃあないですか？」

「あれはあれ、凝りは凝りで別ですよ。バリバリ状態なんですから」

「はい、分かりました。ここはどうですか？　痛い？　腰の方はどうですか？　痛みはありますか？　夜はよく眠れますか？」

ほとんど毎回同じような質問を受けるのだが、答えが毎回同じとは限らないので、致し方ない。由希はここ二、三日の主な症状を話すと鍼灸《しんきゅう》と電気、マッサージ&カイロプラクティックと一通りの治療をこなして行った。

すべての治療を終えると、流石《さすが》に一日の疲れと相まって、ぐったりと心地好い疲労感が全身に広がった。出来ることならこのまま三十分程横になっていたいといつも思うのだが、とうに診療の終了時間は過ぎている。そんな図々しい事は、思うだけでも罰当たりと言うものだ。

しかし、今夜もあれ程凝り固まっていた背中が、見事にほぐれて行くのが感じられる。この分なら今夜は、何も考えずにぐっすり眠れそうである。この凝りもその度合によっては、治療が体に刺激になり過ぎて、逆に眠れなくなったりする事もある。だが、今夜は大丈夫そうである。

ここの先生はまだお若いが、腕はなかなかのものである。由希は生来の凝り性なのか、十代後半から現在三十五歳に至るまで、通った整骨院は両手の指では収まらない。ここはカイロプラクティックの治療も併用しているところが、ミソだと思う。人間は無数の神経や筋を持っているのに、それらが日常の生活の中でズレないはずがないと思うのだ。それらをそのままにしておいたら一体どうなるだろうか？　そう思うと空恐しく、足繁く通いたくもなるというものである。

由希はいつかは聞いてみたいと思いつつ、時間をオーバーしているという肩身の狭さも手伝って、言い出すきっかけもないのだが、先生本人はズレないのだろうか？　ズレた時はどうするのかしら？　やはり同業者に治して頂くのかしら？　一度は伺ってみたいものである。

由希がボーッとした頭で待合室で待っていると、受付の女性が二、三度名前を呼んだらしい。目が「大丈夫ですか?」と問うていた。

由希は会計と次回の予約を済ませ、先生にお礼を言い、整骨院を出ると日野駅に向かった。向かいながら、R出版の浜崎淳一に携帯で連絡を取ったが、どうやら電波の届かない所にいるらしい。由希は帰りの車の中でまた掛けることにし、ホームへ急いだ。

国立駅に降りてからは、預けておいた車に乗って一路、百合江ちゃんの実家に向かった。駅からは、道が空いていると車で二分位である。

家の前に着くと九時十分を少し回っていた。由希は少し迷いながらもチャイムを押した。すぐにハーイと言う声と共にドアが開き、「いらっしゃい、片倉さん。お久し振り」と、百合江ちゃんのお母さまが出て来られた。

「今晩は。一週間前にも来たばかりですよ。夜分遅く済みません。三十分ほどで帰りますから」

「いいのよ。私も百合江も毎週心待ちにしているんですから、片倉さんの訪問を」

上手に気持ちをほぐしてくれる。主婦だった事もある由希は夜の訪問者は決して諸手を挙げて歓迎出来るものではないと知っている。ゆっくりお風呂につかって、寛いで、明日への英気を養う時間の邪魔をする訳だもの、お互いにとって心地好い時間にせねば、と由希は今夜も玄関を入りながら、自分に言い聞かせていた。

由希は元をただせば、百合江ちゃんのお母さまと先に知り合いになった。それは三年前、由希が八王子に越して来てから、国立のあるお稽古でご一緒したのがきっかけであった。その後、先生のお宅へ一緒に通う道中交わされた会話から、少しずつ打ち解けて行き、今はお稽古をお休みしている由希だが、ちょっとした季節のお便りや、休日にお宅に遊びに行ったりする仲となり、百合江ちゃんとも親しくなったのである。

玄関のかまちを上がろうとした時、ぬいぐるみのような、スキッピーを抱いた百合江ちゃんが顔を出した。

「いらっしゃい、片倉さん。お待ちしてましたよ」

「今晩は。またお言葉に甘えて参上しました。今晩は、スキッピー。元気だった？」

スキッピーはもう十三歳で、耳はほとんど聞こえないし、目も余り見えなくて元気もないのだが、可愛いがってくれるのは分るらしい。撫でてやると、おとなしくしている。この家にはもう一人？　女の子らしいが、男の子のような風貌のつんくという犬がいる。一応番犬のつもりなので外にいる。しかし、今夜も由希が侵入して来たのに、うんともすんとも吠えなかった。何度か訪問するうちに、すっかり憶えられたのか、それとも舐められているのかも知れない。

「そう言えば百合江ちゃん、おとといの試合、名波、いい動きしてたわね」

「でも、ＰＫ失敗したんですよね？　まあ、いつもの事ですけど」

「何言ってるの。かのロベルト・バッジョでさえ、しかもワールドカップの決勝という大舞台でＰＫを外しちゃうのよ。あの大会のほとんどの得点を叩き出して、イタリアを決勝まで引っ張って来た天才的ストライカーであり、ＰＫの名手でもある、あのロベルト・バッジョさえ、外すこともあるわ。逆に言えば名波も名手たるゆえの非運ってとこかしらね」

由希は百合江ちゃんを慰めるつもりもあったが、むしろ大ファンであるバッジョの非運を慰めたかったのである。

そう二人は、数日前モロッコで行われたサッカーの試合『ハッサン二世杯』の対フランス戦について話していたのだ。

隣で二人の会話を聞いていた百合江ちゃんのお母さまが茶々を入れる。

「あなた方は会えば、名波だの中田だの、いい年の女性の話題とは思えないけど……」

「お母さま、今や世界の中田と名波ですよ。とてもグローバルな話題だと思いますけど」

と由希が返し、三人はどっと笑った。

それから三人はたわいのない世間話、この一週間で特に面白かった出来事や、お稽古仲間の事やらを話題にし、寛いだひと時を過ごした。とりわけ由希にとっては、なにより寛げる時間だった。三十分も過ぎただろうか？

　由希が腕時計にちらと目をやると、百合江ちゃんのお母さまが目ざとく、

「片倉さん、今夜も急ぐの？　今から運転して帰るの大変じゃあない？　明日の仕事の都合にもよるでしょうけど、ウチはいつでも泊まってって構わないのよ。ねえ、百合江？」

「本当。鍼とかマッサージをすると随分、疲れが出るんでしょう？　片倉さんさえ構わなければですけどね」

「いつも有難うございます。別に待っている人も犬もいないんですが、やはり自宅に帰って寝るというのは、自分の中での一日の締めくくりとけじめみたいなもので、そうしないと明日仕事に入った時に、新たな気持ちで頑張れないような気がして……。お言葉だけでも涙が出るほど嬉しいんですけど」

「まあ、本当に泣かれちゃあ困るから、これ以上お引き止めはしないけど、こんなウチで良かったら、いつでも遠慮しないで寄ってね。あんまり一人で気負っちゃあ駄目よ」

　由希は目頭がジーンと熱くなったが、悟られないように、微笑んで礼を言い、遠慮なくまた寄らせてもらいたいと言い残し、白木家を後にした。

　百合江ちゃんのお母さまは、由希が離婚してまだ半年と日が浅く、いろいろ淋しい思いもあるのでは、と気遣いをしてくれている。由希にも充分伝わったが、いつまでも甘えて

いる訳にもいかないのである。自分で出した結論は、自分で背負ってゆくしかないのである。

それに、二人でいても淋しい時は、淋しいのである。一人の淋しさよりも、そちらの方が応《こた》えるという事も、由希は知った。

由希は、国立駅とは反対の甲州街道の方向へ向かいながら、浜崎の事を思い出し、携帯を鳴らしてみた。今度は呼び出し音が鳴り、つながった。

「はい、もしもーし浜崎でーす」

後方から、くぐもった感じで、カラオケに合わせて唄う男女のデュエットらしい声が聞き取れた。

「浜崎君？　オフィスKの片倉です。こんばんは。お楽しみ中お邪魔しちゃって、ごめんなさい。今、大丈夫？」

「大丈夫です。カラオケルームの外に出てますから」

「浜崎君、うちの杉本には徹夜覚悟の残業を言い付けておいて、自分はカラオケとは呑気なものね」

「あちゃー、きついお言葉。もうバレてました？　徹夜しろと言った覚えはありませんけどね。彼女真面目だから」

「それをちゃんと知ってて、言って来るあなただから、怒ってるんです。いいですか？　仏の顔も三度までと言うでしょう？」

「それでしたら、僕はまだ二度目ですけど」

「あなたは、その他諸々、余罪があり過ぎて数え切れない程なの。今度という今度は、部長の田所さんに直訴しますからね」

「えーっ、片倉さん、マジっすか？　それだけは勘弁して下さいよ。それでなくても僕、結構部長に嫌われているみたいなんで。もう、絶対にしません。誓いますんで、この通り、お願いします」

携帯を通しても彼が手を合わせて、拝んでいる様子が感じられた。

「今後、本当に改心して頂けるんでしたら、今までの事は水に流します。また今度は絶対に、ないと思ってね。大体、我が社の唯一の社員で、嫁入り前の大事なお嬢さんに、何かあったらどうするの？　事件が起きた後じゃあ遅いのよ」

「片倉さーん、あの杉本君に事件なんか、起きる訳ないじゃあありませんか？」

それきり、プーという音と共に、携帯は切れた。お互いが切った訳ではない。由希が電波の通りにくい所を通過したためだ。トンネルがある訳でもないのに、何故かここを通る時はそうなるので、由希はもう用は済んだ事として、電源を切った。腕時計を見ると、九時四十分を指していた。この時間だと三十分程で、家に着けるだろう。由希は、アクセルを強く踏んだ。

二

ところが、事件は起きたのである。

翌朝、いつもの様に六時半の目覚ましが、けたたましく鳴り、寝惚け眼で止めると、テレビのスイッチを入れる。何やら朝から事件があったらしい。ビルの前からレポーターが、意気込んでレポートしている。殺人事件らしい。そのうち、画面に顔写真が映し出された。どこかで見た事があるような、ないようなと、由希は無関心に、ただ目だけは習慣で画面に向けられていたが、名前が出て、初めてハッとした。

（田所？　どこかで聞いた名前だけど……）

続けてテレビでは、R出版だの、第一発見者で同社社員の浜崎淳一を容疑者として、その場で任意同行を求め、事情聴取している、と伝えていた。

「何ですって？　R出版の浜崎淳一？　って事は田所は部長の田所さんて事？　何て事？」

由希は、そう叫ぶとベッドから跳び起きた。そして今度は、少しでも正確な情報を得ようと、チャンネルをあっちこっち回し、このニュースを探した。

この日は、他に大きなニュースもなかったのか、どの局も一斉にこの事件を報道していた。その報道を整理してみると、どうやらR出版の田所部長は、昨夜十時から十一時頃の間に、R出版の部長室で、絞殺されていたというのである。

（何故、浜崎君が第一発見者になるの？　昨日、あの電話の後、彼はR出版に戻ったという事なのね？　でも、死亡推定時刻が十時から十一時の間じゃあ、私がアリバイ証言する訳にもいかないかな。せめて、もう少し時間を確定してもらわないと、浜崎君の潔白は晴らせないよね。潔白？　待って。私が彼の何を知っているというの？　たかだか、ここ六カ月程の付き合いだし、彼の極々一部しか知らないじゃない？　ましてや、田所部長とどんな確執があったかも知れないのに。そういえば昨夜、彼はどうも田所部長に嫌われているみたいだと言ってたっけ。でも、でもよ。だからって彼が人を殺すなんて。そりゃあ、軽佻浮薄な感じだし、決して真面目な人間には見えないけど、けど、人殺しを犯す程、根性が据わっているようにも見えないし、そんな事で人生を棒に振るような世捨て人にも見えない。どちらかと言うと、その日、その場を何とかお気楽に、物事を荒立てず、争いに巻き込まれる事を一番嫌う、超平和主義者にしか見えないわ）

由希は、ソファに座り画面を睨みつけながら、何故か彼、浜崎淳一は絶対犯人ではない、あり得ないと確信していた。何の証拠もなかったが、死亡推定時刻が十時と断定されれば、その確率はグーンと高くなる。それは、由希も、また一緒にカラオケに行っていた同僚もしくは友人が、立証出来そうだった。

（きっと、容疑を晴らせる何か手段《てだて》があるはずだわ。もう今頃は、家に帰ってるかも知れないし）

由希は、自分を元気づけるようにそう呟くと、思い切りよくソファから立ち上がった。

七時を少し回っていた。由希は急いで洗顔をし、コーヒーメーカーにコーヒーをセットすると身支度にかかった。コーヒーメーカーがぷくぷくと、最後の一滴を絞り出すような音を立てている時、身支度を整えた由希は、トーストを焼き、ハムエッグも焼くと、牛乳、トマトとアボガドのサラダと一緒に、ダイニングテーブルに並べ、一人朝食を摂った。

離婚前は、朝食はご飯といろいろなおかずが並び、夕食に匹敵する程、しっかりと摂ったものだった。しかし、一人だと自分のためにそれ程料理をする気にもなれず（一応、昼食以外は今でもしっかり自分で作って食べてはいたが）、特に朝は気忙しい事もあって、簡単なパン食に変わってしまった。それでも、栄養のバランスは、結構考えて摂っているつもりでいる。

朝食を終えると、さっと後片付けをし、最後に化粧をし、髪を整える。と言っても、ショートボブにしてからは、さっとブラッシングするだけなので、すべてが十分もあれば出来上がる。

今朝は、ショッキングなニュースのせいもあって、家を出る時は、七時四十分を少し回っていた。どうやら九時前に事務所に着くのは、無理のようだが、それでも由希は、一分でも早く着こうと、違反にならない程度にスピードを上げ、何んとか九時半には事務所に着くことが出来た。

事務所のドアを開け、いつものように唯一の社員である杉本沙知子に「おはよう」と声を掛けたが、彼女は受話器を耳にあてたまま、こっくりと頭だけを下げ、何やらひそひそ話をしている。

由希はいぶかしく思い、そばまで行って顔を覗き込むと、杉本沙知子は、目を真っ赤に腫らし、涙までたたえながら相手の話に頷いている。

由希は、これはただ事ではない。ご両親の身に何かあったのか？　いや、兄弟かも知れない。恋人がいない事ははっきりしているので、思い当たることは、親兄弟の事しか思いつかない。由希は、沙知子が受話器を置くのを、じりじりしながら待った。

永遠に続くと思われた電話がやっと終わった時には、由希の方が立ち暗みでも起こしそうな程、緊張が頂点に達していた。

受話器を置いた沙知子は、俯《うつむ》いたまま、机の引出しからティッシュを取り出すと、チーンという音をたてながら、思い切りよく鼻をかんだ。それで落ち着いたのか、おもむろに顔を上げ、由希の方を振り向くと、まるで初めて気付いたように、

「おはようございます、社長」

と、ペコリと頭を下げた。

「それで？　お父さまかお母さま？　それともご兄弟に何かあったの？」

「え？　何のお話ですか？」

「何んのって、あなたが今泣きながら電話していた訳を聞いてるんです」

「社長、今朝のニュース見てないんですか？」

「今朝のニュース？　あ、あのR出版の田所部長が殺された事件ね」

「そう、その事件ですよ、オオオ」

それきり彼女はまた、泣きじゃくり始めた。

（え？　何故田所部長が殺された事で、彼女があんなに悲しむ訳？　まさか、不、不倫？

そんなはずない、ないわよね。あーっ、そうか！　何故今まで気付かなかったのかしら？

浜崎君か！）

「ねえ、沙っちゃん。間違ってたらごめんなさいね。あなたもしかして、浜崎君の事」

ひとしきり泣いたら、しゃくり上げて来たらしく、言葉にならずに目で肯定している。

「そうだったのね、道理で。今までのあなたの行動から察すべきだったわ。もっともあなたが見てくれの優男《やさおとこ》がタイプだとは思わなかったわ」

「社長そんな、浜崎さんの事良く知りもしないで、見てくれだけで判断するのはやめて下さい」

「えっ？　沙っちゃんは良く知ってるの？」

「社長、変な勘ぐりはやめて下さいね。浜崎さんは、一見チャランポランに見えるかも知れませんが、あれで結構、正義感が強くて男気のある方です。それに優しさも持ち合わせているんです。なのにあんな嫌疑をかけられて、一晩中刑事の取調べを受けているかと思うと、浜崎さんのために、何かをしてあげない事には、いても立ってもいられません」

そう言うと、またワーッと泣き出す始末だ。

このままでは仕事にも身が入らず、唯一の社員に仕事をボイコットされたら、由希の仕事も大幅に狂ってしまう。

取り敢えず、今日の急ぎの件を思い出した由希は、咄嗟《とっさ》にある懐柔策を思いついた。

「沙っちゃん、あなたの気持ちは痛いほど分ったわ。今あなたが浜崎君にしてあげられる、大事な事があるでしょう？　それは編集者にとって、担当作家の締切日を守るのは、基本中の基本よ。今彼が警察に拘束されている身で、私にそれを急かせないけど、後はタイプするばかりの仕事があるでしょ？　それが出来るのは沙っちゃん、あなただけのはずよ」

その言葉にハッと我に返ったように杉本沙知子は、グスングスンしながらも、

「そうでした。私には今それが一番大事な仕事でした。済みません、社長。お手間を取らせてしまって。すぐに取り掛かります」

そう言うと、ねじりハチマキでもしそうな勢いで、猛然とワープロを打ち始めた。

(やれやれ、これで今日のところは何んとか収まったが、この先の対策も考えないと)

由希は、一心不乱にワープロに向かう杉本沙知子を見つめながら、彼女が面接に来た時の事を思い起こしていた。

あれは四カ月程前の、二月も中旬を過ぎた頃だった。

由希はそのほんの二、三カ月前に離婚をして、それまで片手間で書いていたことを生業とし、本気で一生の仕事にする決意を固めていた。そのため、週刊連載物だろうと、エッセーだろうと、選り好み出来る身分ではなかったので、週三本の連載物と単発ものを抱えて、小説なんぞ書いている暇もないほど忙しい状態だった。それでも、その連載の話が来たのは、由希が片手間といいつつ既に、三冊の小説を世に送り出していたからに他ならない。

絶えず迫ってくる締め切りとの闘いに明け暮れていた。手書きでないと筆が進まない由希としては、清書のため、ほとんど徹夜が続き、このままでは体がボロボロになってしまうという状態にまで追いつめられていた。そのために防衛本能が頭をもたげ、アシスタントを雇おうと決心したのが、彼女との出会いにつながった。

由希は当初、或る程度秘書の経験なり、事務特に、ワープロの検定合格者に的を絞るつもりでいた。まさか、これから大学を卒業し、初めて職に就こうとする新卒者が応募して来るなんぞ、思ってもみなかったのだ。

年齢制限は一応四十歳位とし、未婚・既婚・離婚経験者も問うつもりは、一切なかった。ただ、個人的好みとしては、几帳面で口数が少なく、きれい好きが望ましかった。もちろんワープロの早さと正確さは外せなかった。

元夫の伝《つて》で、虎ノ門にあるビルの一室を事務所に決めた時、一番の販売部数を誇る某新聞の求人欄に、小さく広告を載せた次の日、朝から午前中いっぱい、電話のベルが鳴りっ放しと言える程の問い合わせが来た時は、由希本人が一番驚いた。それだけ世の中が不況という事なのだろうか？　給与もずば抜けて高額とも思えないし（無論、仕事の割には多く提示したつもりではあるが）、作家としての由希の名がそんなに売れているとも、思えなかった。強いて言えば、雇い主も雇用者も女性という気安さが受けたという思いはあった。

とにもかくにも由希は、せいぜい二、三人も応募して来たら上々と思っていた面接を、電話で問い合わせのあった十人の女性のうち、次の日に面接に来れるという、七人の中から選べる栄誉にあやかる事となった。

次の日、十時からの面接で由希は、彼女らの経歴やキャリアが、意外にハイレベルなのには、二度驚かされた。それだけのキャリアがあれば、何も由希の所へなんぞ来なくても、充分他を当たれそうであった。

実際、一番輝かしい？　経歴と思える女性に、由希の率直な気持ちをぶつけてみた。彼女は三十五歳の女性であったが、由希の質問にいとも平然と、

「それは私もそう思います。実際、結婚前に勤めていた会社から、話が来ております。二年前に寿退社したのですが、二カ月程前に離婚いたしまして、また仕事に復帰したい旨を元同僚に伝えましたら、以前のセクションに戻って来ては、というお話も頂いております。以前は課長でしたが、今回は課長補佐からという事です。破格の待遇だと感謝しております」

「それでは何故、ウチに応募なさったのですか？」

「それは、大企業のエリートというと聞こえはいいのですが、特に女性の場合、嫉みや足の引っ張り合いで、そのストレスも大変なもので、胃に穴が開く位序の口で、私は退社時、円形脱毛症にかかっていました」

「まあ、今はもうよろしいんですか？」

「はい、お医者さまは一応、完治したと言って下さいました。それでも、収入や地位の事

を考えると、やはり捨て難く、今度は図太く生きてみようと思い始めていましたが、昨日の新聞でこちらの求人を見ましたら、何か心がぐらついたんです」

「と申しますと？」

「幸か不幸か、この状況では幸いと言うべきでしょうが、子供も出来ませんでしたので、私一人食べて生きて行くのなら、少々蓄えもありますし、何も体まで壊しながらあくせく働かなくても、他の道もあるのではないかと、思うようになったんです」

「それは、その通りだと思いますが、果してあなたのキャリアが、ウチで生かされるかが、疑問なんですが」

「それでしたら秘書の経験もありますし、ワープロ検定二級の資格も有しておりますので、充分お役に立てるかと存じますが」

「もちろん、ウチにとっては、実務的にも申し分ないんですが……。でも、あなたの方で物足りなさを感じると思いますが……」

「私がもう一つ応募を決めた点は、大企業でもなく、失礼ですが、中小企業とも言い難く、本当に二人三脚でやって行くしかないので、自分がすべてを把握し、また自分の采配で、事務所の運営をコントロールして行く事が出来るのでは、という点に魅力を感じたものですから」

「ちょっと待って下さい。ウチは今のところ、私の書く小説やらエッセーなどのほか、何も生産性のあるものはなく、いわば私の仕事の能率アップを図ろうと募集したのです。あまり多大な期待や夢を抱かれても、果して期待に沿えるかどうか、その方が心配です」

という由希の最後の言葉で、彼女が考え込んだので、彼女は辞退して来るだろうと、由希は確信した。

この彼女の他に由希の目に止まったのが、杉本沙知子と高岡という三十七歳の女性であった。由希個人の好み、また社員に望んでいる要素、すべてを考えた時、最初の印象からしても、由希の中では九割方、高岡という女性に決まっていた。

服のセンスといい、立ち居振舞い、控え目さ、由希のアシスタントとして必要な実務能力、それから由希自身、割合几帳面できれい好きというか、整理整頓を得意としていたので、同じ気質というのは、感じ取ることが出来る。彼女は、もしやもすると由希の上を行ってそうであった。無論、事務整理はすべてワープロで済ませられるのだが、履歴書に書かれた彼女の文字の美しさは、やはり由希の心に止まった。由希の秘書兼アシスタントとしては申し分ない応募者であった。

由希はほぼ彼女に決めながらも、なにゆえに、その春大学を卒業して、初めて社会に出る新卒の女の子が、本当に名もない、明日も知れない、こんな事務所に応募して来たのか、物書きとしての好奇心がそうさせたのか、今となっては、あの時の正確な気持ちを思い出す事は出来ないが、由希は何故か、杉本沙知子が引っ掛かった。それで一番輝かしい経歴を持つ彼女と同じ位の時間を面接に割いた。

先ずは、新卒で、しかも有名な私大出で成績も優秀な彼女が、何故、ウチに応募する気になったのか、という一番聞きたかった質問をぶつけてみた。

「私は先生の小説のファンなんです」

「それは、どうもありがとう。面と向かって、ファンと言われたのは初めてなので、とても嬉しいわ」

「先生の小説は、三冊とも全部読みました。私はそれまでジャーナリスト志望だったんですが、先生の小説のように、軽いタッチで、人生の喜怒哀楽を表現するというのも、結構面白いかも知れないと、思うようになったんです。それは、小説を読んでただ、漠然と思っていただけだったんですが、昨日の求人広告を見て、突然閃めいたんです」

「何が閃めいたんですか?」

「えっ? あ、閃めいたというと大袈裟ですが、心に決めたんです。先生の弟子になろうと」

「えっ? ちょ、ちょっと待って頂戴。私は弟子など採れるほどの作家でもありませんし、採る気もまったくありません。事務員というか、アシスタントを募集しているだけです。少し秘書的要素は濃くなるとは思いますが」

「先生のお立場は、充分心得ているつもりですし、それで結構なんです。これはあくまで、私自身の問題ですし、私がどういう気持ちで働くかという事まで、規制は出来ませんよね？」

「それはまあそうですね。こちらが望む事を完璧にこなして頂けるんでしたら、どういう気持ちで働くかという問題は、個々の問題という事になるかとは思いますけど」

「やはり私の思った通りの方でした、先生は。小説って、書き手の物の考え方なり、個性が絶対出ると思うんです。ですから小説を読みながら、小説の女主人公と先生をだぶらせて、先生ってどんな方だろうと、私なりに分析してたんです。あっ、済みません。生意気な事言って」

「いいんですよ。続けてみて、私の分析とやらを」

「そう言われると、ちょっと……。勇気を出して、さわりだけ申し上げます。先ず、外見から申しますと、大体三冊とも女主人公で、身の丈は百六十センチ前後で細身の方ですよね？　ヘアーは以前はセミロングだったが、今はショートボブ、笑うと両頬にエクボがくっきり出るところが共通点で、とびっきりの美人ではないが、憂いのある、実年齢よりは若く見える顔立ちですが、時折、心配事か、悩み事のために、目の下にクマを作る事があるという設定も、共通していますよね？　今日、先生にお会いして、正に先生そのものだと思いました。失礼があったら、申し訳ありません」

「失礼どころか、なるほど面白い指摘ね。私が如何にワンパターンの小説しか書いていないかという事も、人物設定にも工夫の跡が見られず、手抜きをしていたかという事も、それが読者に全部見抜かれていたという事も、あなたによって今日、白日の下に晒されたという事ね」

「先生、そんな。私は批判をするつもりで申し上げた訳ではありません。それだけは、誤解なさらないで下さい」

「もちろんよ。私は、私の立場で分析しているだけですから、どうぞお気になさらずに、分析を続けてみて下さらない？」

由希はもはや、面接をしているという立場は忘れていた。この、今どきの女子大生にしては珍しい、地味というか、外見を構わないとも言える、流行とは程遠そうなヘアスタイルと服装、バッグから靴に至るまで母親の昔の物を借りて来たとしか思えない、時代がかった女の子。だが、目だけは黒々として、澄んだ輝きが感じられ、少し厚ぼったい下唇が、平らになったり、尖んがったりとせわしなく動く、オカッパ頭のまあるい顔に、すっかり愛着を感じてしまっていた。と同時に由希は内心、この娘の髪形はああしたら似合うだろうな、洋服はこういうものを着せた方が垢抜けるし、スリーサイズはこの位かしら？　等とこの女子大生の改造計画を練っていた。

無論、そんな心の内は曖気《おくび》にも出さずに、由希は神妙な面持ちで、杉本沙知子の自分に対する分析とやらに、耳を傾けた。

若くて純粋な杉本沙知子は、由希に促されて、我が意を得たりとばかりに、勢いづいて饒舌であった。

「それと先生の小説の女主人公の共通点は、三十代半ばで皆離婚経験者ですよね？　これも、失礼を承知で言わせて頂ければ先生と共通しています。年代に関しては、私のように二十代になったばかりの者が、三十代や四十代の主人公で書けと言われても、実体験がないので、非常に難しいと思います。ですから、作者の実年齢に近い設定というのは、現実的で良いと思うのですが、皆が皆、離婚経験者というのは、どうかと思うのです。若い読者もいる事ですし、また、幸せな結婚生活を送っている読者も、大勢いると思いますので、余り片寄り過ぎるのはどうかと思うのです……」

由希は、杉本沙知子の弁舌に耳を傾けながら、この娘は面白い。実務能力云々ではない。もしかしたら、自分のアシスタントに必要なのは、こういう娘なのでは？　と思い始めていた。

ひとしきり弁舌が終わったところで由希は、杉本沙知子に対し、一応必要事項に対する質問をした。ワープロは何とか打てる程度で、正確さやスピードはまったく期待出来ないが、もしここに受かったら、卒業までにワープロ講座に通って、検定三級から二級を目指すつもりだと言った。本人曰く、その他は、並以上中位だが、先生の小説に対する愛情だけは、誰にも負けないと言い切った。

由希は七人全員との面接を終えて、後日合否の通知をする旨を伝え、この日の面接は終了した。かのハイキャリアの彼女は案の定、辞退を申し出て来た。

由希はこの日、週一回通っている整骨院の予約日だったので、早めに事務所を閉めると、一路国立方面を目指した。由希の心は、杉本沙知子と高岡という女性の二人に絞られていたが、まったくタイプの異なる二人の、どちらにするかを決めかねていた。状況が許されるなら、二人とも欲しい人材であった。

この日も、針や灸の治療をしてもらうと、凝っていた肩や背中が、じんわりとほぐれてゆくのを感じながら、由希は自分が今日一日、結構緊張していた事に気付いた。

「どうですか？　片倉さん。凝りは柔らぎましたか？」

腹這いで、うつらうつらしていた由希は、

「あ、先生、お陰さまで今夜もぐっすり眠れそうです。有難とうございます」

「そうですか。それは良かった。それでは調整をしますので、出て来て下さい」

由希がすべての治療を済ませ、支払いと予約をして外に出て来ると、外は既に真っ暗であった。JRの駅へ向かいながら、由希はようやく結論に達していた。

「あの娘に賭けてみよう。私の作風に変化をもたらしてくれそうな、あの娘に」

翌日、事務所に出た由希は面接の結果の通知書作りのため、ワープロに向かった。合格した杉本沙知子にだけは、面接時の約束事であるワープロの能力アップを図る努力を、必ずしてから入社するよう、指令を出しておいた。

ただ、彼女に決めると、事務所開きと同時に彼女を雇えない不便を覚悟しなければならない（彼女はまだ卒業していなかったので）。

それでも由希は、ひと月ちょっと待ってみるだけの価値のある娘だと思った。何よりも由希自身の心が変化している事が、その証だった。

ところが、通知を出して（金曜日に出した）三日目の週明けの月曜日、朝、事務所に行くと、ドアの前に、杉本沙知子が立っていた。

由希の顔を見ると、ぱっと顔を輝やかせ、

「お早ようございます、社長」

と、お辞儀をする。

「杉本さん？　どうしたの？　こんな朝早くから。何か問題でも？」

由希は、彼女がやはりよくよく考えた結果、ウチは辞退したいと、断わりに来たと思ったのだ。

「いいえ、とんでもありません。採用の通知を頂いたので、嬉しくて、嬉しくて。四月までじっとしてられないので、来たんです」

「じっとしている暇なんてなくてよ。通知書にも書きましたが、あなたが宣言した通りワープロ検定二級を目指して、特訓しなくちゃあいけないでしょ？」

「もちろんです。でも四月から即戦力として働きたいんです。そのためにも今日から研修期間として、電話番でも何んでもやらせて下さい。当然、お給料も要りませんから」

「それは有難たい申し出だけど、お受けする訳にはいかないわ。ご両親とも良く相談して、ちゃんと大学を卒業してからいらっしゃい。あなたのポストは、ちゃんと確保してありますから。社会人になったら、嫌でも働かなくてはいけないのよ。卒業までのひと月は貴重な時間よ。後で後悔のないように、有意義にお過ごしなさい」

杉本沙知子は、膨らんだ風船がしぼむようにしょげてしまった。由希は、折角来たのだから、中に入って、お茶でも飲んで帰るよう彼女を招じ入れた。

コーヒーメーカーで、二人分のコーヒーを淹れ、由希の手描きのカップに注ぎ、頂きものの和菓子と一緒に盆にのせ、テーブルの前に置いた。テーブルを挟んで、由希と沙知子は向かい合って座った。

コーヒーカップを受け取りながら杉本沙知子は、珍しそうにカップの絵柄を見ていたが、

「珍しい絵柄ですね。手描きですか?」

由希は、おやっと驚いたが、

「詳しいのね。どうして手描きと思ったの?」

と聞き返した。

「洋服は全然、興味がないんですけど、食器は好きで、器屋さんやデパートの食器売場を覗くのが、大好きなんです。ですから有名な窯の絵柄は、ほとんど憶えているつもりですが、この絵柄は見た事がありませんし、カップの下にも日付とサインが、イニシャルで入っているだけなので、そうじゃないかと思ったんです」

「目の付け所がいいわ。あなたと同じ趣味がある事が分かっただけでも、嬉しいわ」

「それじゃあ、このY・Kというイニシャルは先生の事ですか?」

「そう、趣味の一つなの」

それから二人は、やきもの談義にひとしきり花を咲かせた。三十分程も経っただろうか。杉本沙知子が、所在なげにもぞもぞし始めた。由希は何やら彼女が、言いたげにしているのが気に掛かったが、敢えて聞くまいと思った。きっと、早く働きたいという申し出だと、思えたからだ。

彼女は言うべきかどうか、迷っていたようだが、

「あの先生、先生とお呼びした方が、いいんでしょうか？　社長の方がよろしいですか？」

「私はどちらでも結構よ。呼び易い方にしたらどう？　個人的には先生という呼ばれ方には、抵抗を感じますけどね」

「それじゃあ、社長で決まりですね。お話を蒸し返すようで恐縮なんですけど、もしウチの両親が賛成してくれたら、社長も了承して下さいますか？」

「まあ、それはあり得ないと思いますが、あなたの気がそれで済むんなら、私に異存はありません。納得のいくように、ご両親ともよくご相談なさい。但し、ご両親が反対なさったら、そのご意見に従うという事は、約束してね」

その日は彼女も納得し、帰った。

ところが翌日、由希が出社してみると、やはりドアの前に杉本沙知子が立っているのだ。顔も心なしか紅潮し、意気揚々としている。

「杉本さん、あなたまさか」

「そのまさかです。両親は私の就職をとても喜んでくれました。特に母は、社長の小説のファンでもあるので、殊の外喜んでくれました。それで、私の提案はもっともだと、逆に後押しされました。今日からでも行って、すぐ何かお役に立つ事をしなさいと」

あの親にしてこの子あり、とはこの事だ。

由希は半ば諦めの境地で、彼女が働き始める事を了承した。

その日から杉本沙知子は毎日、やる気満々で出社した。体も丈夫なのか、何を言い付けても返事も良く、音を上げる事のない娘だった。特に、浜崎からの依頼の仕事となるとなお一層、励んでいたのが、今更ながら思い起こされた。

今こうして目の前で、脇目もふらずに一心不乱に、ワープロを打つ姿は、恋する乙女以外の何者でもない。彼女は先日、ワープロ検定二級にも見事合格した。早さも正確さも、日に日に上達している事は、傍目にも明らかだった。

「沙っちゃん、今夜は久し振りに夕食一緒に食べようか?」

「はい、有難たいお言葉ですけど、この仕事を仕上げない事には、何とも……」

「それは、締め切りが今日の五時なのだから、それまでに仕上げるというのは、当然でしょう?」

「はい、そうです。必ず仕上げます。ですが今日は、早めに帰って、色々考えたいこともありますので」

「浜崎君の件でしょ？　一人よりは二人、二人よりは三人。〝三人寄れば文殊の知恵〟って言うでしょ？　一人でうじうじ悩んでも、いい知恵は出て来なくってよ。それに正確な情報も色々ないとね」

「社長は、何かいい伝《つて》でもあるんですか？」

「まあね。ただ、元夫の力を借りる破目になりそうなんで、気は重たいんだけど、我が事務所の唯一の社員の恋路のためだもの。一肌脱がなくちゃあね」

「社長、恋路とか、そういう言い方はやめて下さい。私はただ純粋に、犯人でもない人が拘束され、取調べられるなんて、可哀想だと……」

「沙っちゃん、第一発見者というのは、どうしても疑われる立場にあるし、まして皆退社した後の深夜となると、普通ではない訳でしょう？　警察としては、一番初めの取っ掛りとして、至極当然の事をしているだけ。ただ、その疑いを晴らす材料がないと、面倒な事になるんだけどね」

「そう、そこなんです。ですから私が何んとか力になれないか。自分なりに検討してみたいんです」

「だから、その気持ちが恋だと言ってるんだけどね」

由希はほとんど呟きに近い独り言で、口を噤《つぐ》んでしまった。

こうなってみると、警察の動きを知るにしても、別れた夫に頼んでみるしかなかった。由希は、元夫に電話をかけるため、社長室に戻った。

携帯を鳴らした方が手っ取り早いと思い（番号が変わってなければ良いが）、空覚えの番号をプッシュした。トゥルル、トゥルル、呼び出し音が二度鳴っただけで、すぐつながった。相変わらずだ。常に緊張しているのだ。

「はい、沢木です」

「あのー、私、由希です。お久し振り」

「うん？　ああ、由希か。久し振りだな。元気にしてる？」

「ええ、まあ何んとかやってます」

「ちょっと驚いたけど、君から電話が来るって事は、季節の挨拶じゃあないだろうし、何か面倒な事でも起きたのかい？」

相変らず勘もいい。

「ええ、直接って訳ではないんだけど、あなた今朝のニュースは見ました？」

「ああ、ニュースは欠かさず見るからね。何のニュースの事？」

「あの、R出版の田所って部長が、殺された事件ですけど」

「えっ？　何故君が、その事件に関心を持つんだい？」

いつも冷静な彼にしては、声がうわずっていたので、由希の方が驚いてしまった。

「いいえ、あのR出版は、私がお世話になっている出版社で、容疑者として取調べを受けている浜崎という青年は、私の担当編集者なのよ」

「ああ、そういう事か。それなら心配いらない。彼なら嫌疑が晴れて、無罪放免になった。今頃は、家に戻っているはずだよ」

「まあ、そうなの？　それは良かった。それを聞いて安心しました。やはり、あなたに連絡して良かったわ。有難とう」

「いいや、そんな事はお安い御用だ。でも、あまり変な事に首を突っ込むのは止せよ。好奇心が命取りになるって事もあるんだぜ」

「そんな事、私がするはずないわ。書いてるモノも極々平凡な人生ばかりだし。でも他ならぬあなたからのご忠告だから、肝に銘じておくわ。今日は有難とう。お手間を取らせてしまって。それじゃあ、お元気で。失礼します」

由希は、自分が平静に応対出来た事にほっとした。それと浜崎も無罪放免になったという事だし、めでたし、めでたしである。いや、しまった。何が決め手になったのかを、聞き損ねてしまった。やはり、緊張していたのだろうか。

何はともあれ、このニュースを杉本沙知子に知らせねば。

由希が自室を出て、沙知子が作業している事務所に行くと、受話器を当てたまま、深々と礼をしている沙知子の姿が目に入った。

受話器を置いた沙知子が、跳び上がらんばかりに両手を叩いて、それから「万歳」と叫ぶところまで見届けた由希は、背後で咳払い一つした。驚いて振り向いた沙知子の目には、きらきら光るものがあったが、由希は見なかった振りをし、

「連絡が入ったみたいね、浜崎君釈放の」

「はい、そうなんです。R出版の知り合いに朝、頼んでおいたんですけれど、無罪放免で釈放になったそうです。当然ですけどね」

「で、決め手は何かって言ってた?」

「はい、田所部長の爪の間には、絞殺される時に、相手の手の甲らしいんですが、引っ掻いたらしく、皮膚組織と見られるものが、付着してたらしいんです」

「そう。で、その血液型が違ってたのね?」

「そうです。検出されたものはB型だったんですが、浜崎さんはO型だったんです」

「えーっ?　彼ってB型じゃあないの?」

「どうしてですか？　社長は浜崎さんを犯人にしたい訳ですか？」

「そうじゃなくて、私はてっきり彼はB型人間とばかり思ってたもんだから」

「それは社長の先入観でしょう？」

そう言われれば確かに、由希は浜崎をかなりの先入観をもって、見ていた節があったのを認めざるを得ない。

そもそも由希は、男性で身長が百八十センチ前後で、見るからに美形でモテそうな男というのは（特に二十代の男性に限って言うと）、仕事が出来ないという、かなり強い思い込みを抱いている。

浜崎淳一は、正にその典型と思えた。少なくとも今の今までそう思っていた。だから由希なりの分析をしていたのだが、血液型は違っていた。とすると、まだ見間違っていた事が、色々あるのだろうか？

由希は頭《かぶり》を振ると、これ以上この件についての追求はやめることにした。

杉本沙知子に目をやると、彼女は水を得た魚のように、快調にワープロのキーを叩いていた。恐らく期限前までに仕上げようと張り切っているのだろう。由希は「やれやれ一件落着」と独り呟くと、執筆のため自室に引き返した。

三

由希は執筆用のデスクを前にして座っていた。由希の自室には窓が二カ所にあった。常識的には窓を背にして座るのだが、由希は集中するために、窓に向けて机を置いて、ドアに背を向けて座っている。運のいい事に、この都心の一等地の土地柄でも、一カ所の窓は、高層のオフィスビルを映しているだけだが、由希が向かって座っている窓の方は、某大使館の庭の木が真っ正面に見えて、正に移ろいゆく季節を感じながら仕事が出来るという、絶好のロケーションなのである。由希がこの部屋を執筆室に選んだのは、このためである。

しかし目の前の新緑を見ながらも、由希のペンは止まったままだった。由希には、さっきから妙に気に掛かっている事があった。取り越し苦労で終わってくれれば良いのだが、由希の勘は、願っていない方に的中するというジンクスがあった。

(いつも、冷静沈着な彼が、何故あんな反応をしたんだろうか?)

その疑問が、由希の脳裏を離れなかった。

由希の元夫、沢木啓介は、高級官僚の座をあっさり捨て、経営コンサルタント業なるものを営んでいる。こういう商売にはつきものかも知れないが、時として厄介な依頼が来る。彼の場合は、どちらかというと、こちらの依頼の方が多い。どう見てもそれは弁護士に依頼すべき案件では、と思えるものが多々あった。

　しかし、幸運な事に沢木には、剛腕の誉れ高い弁護士と有能な司法書士、それから官僚時代に築いた各分野の人脈が、豊富にあった。その伝を最大限利用し、彼はこの業界でも、一風変わった〝経営コンサルタント〟として知る人ぞ知る人物になっていた。

　沢木が過去に扱って来た案件を、すべてではないにしても、秘書兼助手として見て来た由希としては、何やら漠然と胸騒ぎを覚えずにはいられない。

　今回の殺人事件との関連性で見ると、一つ思い当たる案件があった。

　あれは、かれこれ五年程前になるだろうか？　とんでもない詐欺師らに騙されたという男性が、沢木の噂を聞きつけて訪ねて来たことがあった。本来ならば警察なり、弁護士の元へ駆けつけるべき相談だが、余り公けにしたくないという事と、本人もまだ真相がよく掴めておらず、内密に調査をお願いしたい、という理由からであった。

　夫の仕事には滅多に口を挟まない由希も、この時ばかりは、断わるべきだと強く主張した。依頼人の望むようにしようとするならば、看板を〝探偵業〟に変えねばなるまい。由希は本能的に、この件に関われば、二年や三年、或いはそれ以上の長期に亘る依頼になりそうだと、直感した。

　由希ですら見抜けた事を、沢木が見抜かないはずがなかった。しかし彼は、この依頼に何故か強い興味を示した。ぬるま湯につかっているような仕事よりも、手応えを感じる仕事の方が燃えるというのは、分からないでもない。が、由希にはどうしても枠を超えた仕事としか思えなかった。思えば、この頃から二人の間に少しずつ、目に見えない亀裂が入り始めていたのかも知れない。

結果的に沢木は、この依頼を引き受けた。その事によって、沢木とその妻であった由希は、様々ないやがらせを受ける事となった。

先ずは、電話である。話し中に突然物凄い音、ノイズが入るようになったのである。NTTの修理部に頼むと、この職員が紅潮した顔で、

「奥さん、いやー私も長い事この仕事をして来ましたが、こんな明白《あからさま》な盗聴の仕掛けは見た事がありませんよ」

「どういう事でしょうか?」

「いやー、どうもこうも奥さん、ここにNTTの電話線がありますよね? この電話線にまったく別の電話線が絡まるように、ピッチリと貼り付いてたんですよ。もちろん、こっちもムカッと来ましたんで、全部きれいに剥しときましたが」

「じゃあ、もう大丈夫なんですね?」

「いやー奥さん、盗聴だけは、どうやっても防ぎようがありません。相手がしようと思え

ば思いのままです。いたちごっこにしかなりませんよ」

この事によって、家の電話では、滅多な話は出来ないようになった。

次に由希は、最寄りのJRの駅から自宅までの六、七分の間、常に尾行されるようになった。沢木はいつも車を運転していたので、由希には言わなかったが、尾行されていた可能性は高い。由希はほとんど電車を利用していたので、駅と自宅の間だけだったが（尾行は車だった）、一日中監視されていた事は確かだ。何かを仕掛けて来る訳ではなかったが、これはかなりのプレッシャーになった。

こういう事が続くようになって由希は、夜は遅くても八時までには帰宅を心掛けるようになった。遅い外出は、極力断わった。八時を過ぎると、駅から自宅までの道が、極端に寂しくなるからである。

一番悩まされたのが、無言電話であった。特に深夜、やっと眠りについたところで響き渡る音ほど、不気味な音はないと、つくづく思った。それ以降は留守電にセットして置くのだが、それでも最低二回は鳴る。

こういう事がひと月、ふた月、繰り返されることで、由希の神経は、本人が自覚しているより、遥かに病んでいった。

内密の調査という事で、深く、静かに潜行していた沢木の調査も、三カ月目を迎えると一気に、ある結論に向かって進展しているようだった。しかし内容については一切、由希には明かされなかった。ただ、この頃から沢木は、懇意にしている弁護士と司法書士の元へ、足繁く通っていた。

ところが結果的には、沢木の手に負えないという事で、この依頼は弁護士に頼む事となった。

刑事告訴に持って行き、彼らの社会活動を停止させるというのが、関係者の最終目標ではあったが、警察もおいそれとは引き受けてくれないし、順番待ちで時効切れともなりかねない。

ましてや口先三寸で生きている詐欺師が相手となると、供述をコロコロ変えて来るので、立件、起訴にまで持って行くのが、至難のワザのようだった。そこで先ずは民事にかけ、詐取した金額とその明細を認めさせ、彼らの供述を公式な文書で残し、それから同時進行で、刑事告訴に持ち込むという方法を採る事に、決定したらしかった。

民事裁判は一審、二審ともことごとく、詐欺師の主張が認められ、敗訴となった。最高裁まで行って争うことも検討されたが、残念ながら現司法制度の下では、一審、二審を覆す結果を望むのは無理と判断し、民事は打ち切り、刑事告訴一本に絞ることに相成った。刑事告訴は、多方面への働きかけと、日参するがごとくの陳情作戦が功を奏し、二年後に正式受理された。

　正式受理から半年後には、原告に対する事情聴取も開始され、捜査は着々と進んで行くかに見えた。しかし、原告への事情聴取もほぼ終わるという段階に差しかかった所で、警察の動きはパタッと止まってしまった。

　業を煮やした原告が担当刑事に問い質すと、

「時効目前の大きなヤマを抱えていて、そっちを先ず片付けない事には、オタクの件には着手出来ない。しかし、必ずそのヤマはやるから、信じて待っていて欲しい」

　という返事が返ってきた。

　警察がそう言う以上、頼む方の立場は弱い。警察といえども人のやる事である。下手に機嫌を損ねでもしたら、後回しにされるか、没になるかも知れないのである。マスコミにもリークしないよう、釘を刺されたらしかった。一方では、警察の心証を害さないよう気遣いながらも、遅々として進まない捜査状況に耐える日々が続くと、関係者の焦燥感は高まり、取り分け原告の消耗度は、傍目にも明らかになって行った。

　こんな時である。あれは確か、由希と沢木が婚姻関係を解消し、由希が家を出る丁度一カ月程前の事であった。

　一度は断わったはずの依頼人が度々訪ねて来るようになり、由希を避けるように二人だけで、事務所として使っている応接間で会って、何やら話し込むようになった。

由希がお茶を出すためにドアをノックすると、決まって二人は話を止め、由希が立ち去ってからまた話し合っているようだったが、一度は由希のノックの音が小さくて聞き取れなかったのか、そのまま話し込んでいた事があった。その時、沢木は確か、

「こうなったら我々も打って出ましょう。マスコミには絶対、ニュースソースを明かさないように口止めさせてね。それ専門にやってるブン屋を知らない訳じゃあない……」

先に由希に気づいた依頼人が、沢木に目で合図するように促すと、沢木も気づいたらしく押し黙った。

由希はこの時は、さして気にも留めずに聞き流して、深く考えようともしなかった。いずれ別れるのだから、いちいち目くじら立てる事もないと思ったのだ。

だが今は、あの時沢木の言っていた言葉が、鮮明に蘇って来るのだ。あの時言っていたブン屋とは？　R出版の田所部長殺害に対する鋭い反応、浜崎淳一の釈放に対する情報入手云々、いくら沢木が多方面に広い人脈を誇っていたとしても、毎日のように起きる殺人事件の一つ一つにチェックを入れる訳がない。何か本人に関連のある事でなければ、興味は持たないのが普通であろう。

由希は色々考え合わせてゆくうちに、沢木が何かしらかんでいると見る方が、すべての

辻褄《つじつま》が合うという結論に達していた。

考え事に気を取られて午前中を何んとかやり過ごし、沙知子がお昼を買って来ると言うので、由希は部屋にこもっていた。沙知子が部屋を出て、一分もしないうちに、電話のベルが鳴った。

出ると浜崎淳一からであった。

「大変だったわね、浜崎君。ちょっとは休めたの?」

「はい。明け方に釈放されてから三十分前まで、爆睡してました。今、シャワーを浴びて頭がすっきりしたところで、片倉先生にお願いがあって電話したんです」

「私にお願い? 聞いてあげられるかどうかは分らないけど、その先生って呼び方だけは止めて。で?」

「今回の田所部長殺害の件で、ちょっとご相談に乗って頂けたらと思いまして。今日の五時頃、事務所の方に伺ってもよろしいでしょうか?」

「原稿の事もあるし、来るのは一向に構わないわよ。沙っちゃんもあなたの顔を見れれば嬉しいでしょうしね。あなたが事情聴取されていると知ってからの、彼女の心配振りは、尋常じゃあなかったわよ」

「杉本君ですか? いずれにせよ、自分の事を心配してもらって、悪い気はしませんよね。

今日は大変な目に遭ったんで、嬉しいですね。じゃあ、夕方寄らせてもらいます」

チャイニーズランチのテイクアウトを買って戻って来た沙知子に、この伝言を伝えると、跳び上がらんばかりの喜びようだった。

午後は、そういう事で沙知子は仕事に一層身が入り、由希も浜崎が来るまでは、事件の事は忘れて、次作の構想を練る事に専念した。

事務所の掛時計が、五時のメロディーを鳴らし始めたのとほぼ同時に、浜崎がドアをノックし、自分で開けて入って来た。

沙知子はノックの音と共に、ドアに駆け寄っていたので、入って来た浜崎とぶつかりそうになった。長身の割には身の軽い浜崎が、ひょいとよけたので、沙知子にとっての嬉しい偶然は、実らずじまいだった。

机の縁に腰掛けて、マグカップでコーヒーを飲みながら、この様子を見ていた由希は、思わず吹き出しそうになったが、すんでのところで堪えた。沙知子と目が合ってしまったからだ。頬を紅潮させながらも、ベソをかいているような目だった。

「浜崎君、何はともあれ嫌疑が晴れておめでとう。でも、あなたがO型とは夢にも思わなかったわ。どこをどう切り取ってもB型の血液が、流れているとばかり思ってた。それとも私には見せていない、別の顔があるのかしら?」

「相変わらず手厳しいな。そういう先生は、A型以外の何モノにも見えないですよね？　という事は、型に嵌った人間という事ですか？　色んなタイプの人間やその人生を書く職業としては、言わせてもらえれば、致命的なマイナスとも言えませんか？」

「浜崎さん、いくらなんでもそれは言葉が過ぎませんか？　社長に対して失礼です。あなたは、社長の担当編集者ですよ」

「いいのよ、沙っちゃん。浜崎君、初めて担当編集者らしい苦言を呈してくれたわね。なるほど、初めてO型の片鱗を見る思いがしたわ。なかなか見る目もあるし、言うじゃない。さてと、今夜は色んな意味で初物づくしだから、どう？　浜崎君。私たちと夕飯一緒にしない？　こんな誘いは、最初で最後かも知れないから、断わったら後悔するわよ。話はその時聞けばいいじゃない」

「それは名案だと思います、社長、あのお店、リザーブしましょうか？」

彼女が言う「あのお店」とは、銀座といってもほとんど新橋寄りのビルの地下にある、スペイン料理の店。味、量、値段ともまあまあだが、途中でフラメンコのショーが入ったり、世良譲ばりのロマンスグレーのピアニストの生伴奏で、客が唄えたりする今では珍しい店である。

沙知子の入社祝いをこの店でやって以来、この店は彼女の大のお気に入りになってしまった。何かと言うと、この店をリザーブしたがるのだ。そして、今時の若い子にしては珍しく、自分では一度も唄った事がないのだが、代わりに由希のリクエストとして、勝手に何曲も入れるので、由希は落ち着いて食事も出来ない。そればかりか、よく知りもしない曲まで唄わされる破目になったりで、つくづく彼女にこの店を教えたのは失敗だったと、悔んだ。

しかし、今夜も彼女はこの店に決めそうである。由希は、今夜は浜崎君もいる事だし、大事な相談事があると言うので、彼女も滅多な事はしないだろうと思い、承諾した。料理といい、雰囲気といい、申し分ないとまではいかないにしても、悪くはない店である。結構広い店なので、直前に予約なしでも、今夜も席が取れた。

三人は由希の車で向かった。

三人が案内された席に着くと、杉本沙知子は早速メニューを覗き込みながら、何にしようかとあれこれ迷い始めた。食いしん坊で目新しいものは必ず注文してみたがる。食べられる分だけ頼みなさいと忠告しても、

「社長、これも食べてみたいんですけど、いいですか？」

「いいけど、残さず食べるのよ」

「はい、分ってます。これだけの人数ですから楽勝です」

これだけと言っても、多くてもせいぜい四、五人で、広いテーブルに乗り切らない程、毎回注文するのだ。杉本沙知子に対して、不満などほとんどない由希だが、この点に関してだけは、親の育て方に何か問題があったのかと、首を傾げたくなるのである。

それとも本人が自覚していないストレスが、こういう形で表われているのかと、来る度に考え込んでしまう程だ。

しかし本人は、こちらの心配などよそに、無邪気に、オーダーを取りに来たウエイターと、今夜のおすすめは？　浜崎さんは何がいいですか？　等といつもの調子である。

せめて今夜は、浜崎君もいる事だし、彼女の恋心に期待して、適量である事を祈るしかない。

取り敢えず飲み物を注文すると、浜崎が待ち兼ねたように由希の方へ体を向け、少し声のトーンを落とし、真剣なまなざしで話し掛けて来た。

「早速で恐縮なんですが、今回の田所部長殺害の件について、まんざら心当たりがない訳でもないんです」

「えっ？　何故浜崎君にそんな心当たりがあるの？」

「ここだけの話にして下さいよ。片倉社長の口の堅さを信じて打ち明けますが、実は僕、社長直々の命令で、社にも内密に調査してた事があるんです」

「社長直々って、何故一介の編集者のあなたが？」

由希も自然に、声がひそひそ声になっている。

「実はこれも社内外で秘密にしている事なんで、口外はしないで欲しいんですが、僕、実は社長の息子なんです」

「えーっ？」

どこで聞きつけたのか、杉本沙知子が大声を出した。

「やっぱり、まずかったかな。先生と二人きりで話す内容でしたね」

「浜崎さん、大丈夫です。私、誰にも口外しませんから。どうぞ、私の存在なんか無視して、社長に相談なさって下さい」

「社長の息子さんて事は、専務の弟さんて事よね？　随分年が離れてない？　それに苗字も違うわ」

「ですから、本妻さんの子ではなく、外で、要するに愛人の子なんですけどね」

なーるほど、と言う代わりに、由希と沙知子は、大きく頷いた。

「で、何の調査をしていたの？」

由希は、一層ひそひそ声で尋ねた。

浜崎は流石に周りを一度見回すと、由希の方に一層身を寄せるようにして、耳元で囁いた。

「実は田所部長が、たれ込みのネタを元に、相手をゆすって、金を引き出していた疑いがあるんです」

「えーっ、あの田所部長が？　とてもそんな風には見えないけど。もし本当だとしたら、人は見かけだけじゃあ、分らないという事ね。でも、その件で私に相談て、どんな事？」

「それは、ここの食事が終わったら、もっと人のいない落ち着いた所で、話します。軽々しく言える事でもありませんので」

「人のいない所って、私が邪魔でしょうか？」

「いや、杉本君はそんな気を遣わなくていいよ。この店の雰囲気で話す内容じゃあないという事だから。それに食事に専念して味わわないとね。折角だから」

「本当ですか？　じゃあ、いいんですね？　私がいても」

「もちろんよ。沙っちゃんらしくもないわね、遠慮なんて。それに沙っちゃんは、浜崎君の力になりたい、一番の助っ人じゃあなかったの？　あなたも大事なブレーンの一人なのよ。ねえ、浜崎君？」

「えっ？　まあ、そうですね。たった今から加える事にします」

それから三人は、食事とショーに専念した。

会計を済ませて出て来ると、今度の件についての相談は、由希の事務所でするのが一番という事になり、再び事務所に戻って来た。

八時を少し回っていたので、警備のおじさんも帰っていなかった。

今夜は食事の後に、浜崎の相談があるというので、由希はペリエだけだったし、他の二人も乾杯程度にワインを一、二杯飲んだだけなので、特に由希以外の二人は（血筋らしいのだが）、酒にはめっぽう強く、もうすっかり酔いも覚めて、素面《しらふ》のようだった。

事務所に入って、それぞれが椅子に座ると、浜崎が徐に口を開いた。

「片倉社長、つかぬ事を伺いますが、別れたご主人とは、まだ連絡を取り合っていらっしゃいますか？」

「えっ？　またどうしてそんな突拍子もない事を聞くの？　今回の事と何か関係があって？」

「ええ。ちょっと言い辛い事なんですが、僕の調査では、どうも沢木啓介氏からのたれ込み、というと言葉は悪いんですが、それが一番新しい情報源として、残っているんです」

「ちょっと待ってよ。彼なら確かにそういう事は、やり兼ねないとは思うけど……。けど、それと殺人事件となると、別問題じゃあない？　田所部長は要するに、たれ込み情報を買うというよりは、逆に相手の弱みにつけ込んで、恐喝まがいの事をしていたというんでしょ？　だとしたら主人は、いえ元亭主は、反対の立場だと思うから、今回の殺人事件とはつながらないんじゃあない？」

「もちろん、僕だって片倉社長の別れたご主人が、田所部長を殺したとは思っていませんよ。むしろ、その可能性はゼロに等しいと思っています。ただ、そのたれ込み情報の内容が、引っ掛かるんです」

「と言うと？　浜崎君、もっとはっきり言って頂戴」

「そうでしたね、済みません。実は、たれ込まれた情報の相手の事を、少し調べたんですが、これがなかなかの曲者なんです。経歴から胡散臭いの一語に尽きる輩です」

「だから、彼らなら脅迫されて、逆に殺人位やり兼ねないというの？」

「無論、彼らが直接手を下したかどうかは分りませんが。足がつきますからね。でも、彼らならやり得ると思います。彼らというのは、何人かは定かではないんですが、五人以上のグループである事は、間違いありません。氏名も明言出来ます。この中の二人は、四十年以上の永きに亘って、詐欺を働いて来たプロ中のプロです。これまでにも幾度となく訴えられ、警察の事情聴取も受けていながら、正式に立件・起訴された事は一度もないんです。正に、詐欺師のプロです。それが、今回はどうも雲行きが怪しくなったんです。片倉社長の別れたご主人の追及と、もちろん、警察にも刑事告訴が正式に受理されましたし、ここでマスコミにリークされる事にでもなれば、今までの〝輝かしい経歴〟に汚点がつきますからね。そればかりか、実際に臭いメシを食う破目になるかも知れない、という恐怖もあったでしょうしね」

「私にも主人の扱ったどの案件なのか、大体の見当はつくわ。確かに主人がこの案件に携わっていた時、盗聴や無言電話、それに尾行されたりもしたわ。でも盗っ人のプロや詐欺師のプロは、殺人は犯さないという、暗黙の了解みたいなものがあると聞いたけど。今まで半世紀近く、無事生き延びて来れたのは、その掟を守って来たからじゃあないの？」

「それは一理あります。ただ、裏稼業の人間というのは、裏で色々つながってますからね。実際、彼らが詐欺して巻き上げた金の一部が、ヤクザの団体に流れている事は突き止めました。片倉社長の別れたご主人が突き止めたんですけどね。ただ、今回は先程も申し上げました通り、彼らにとっては最大のピンチとも言えますからね。刑事告訴された事自体初めての事ですし、ましてや正式受理となると、彼らもうかうかしてられないでしょう」

由希は反論しながらも、内心では（やはり、そうだったのか？　私の心配がこんな形で返って来るなんて）と憂鬱な気分だった。

由希も浜崎も、それぞれの想いに耽って黙り込むと、それまで存在すら忘れていた杉本沙知子が、

「でも、でもまだそうと決まった訳じゃあないんですよね？　何の証拠もなく、推測の域を出ないじゃあないですか？　第一、彼らの犯行だとしたら、それを立証するなんて、それこそ雲を掴むようなものじゃあないですか？」

「そうなんだ。そこなんだよ。その線で行くと僕らには、ここからは手も足も出せないんだ。お手上げだよ。警察は、田所部長の個人的な怨恨、痴情のもつれの線も当たってると思うけど、僕の調査した限りでは、その線はありませんね」

由希は、肯定も否定も出来なかったが、ただ漠然と自分の勘が当たったかな？　今回は外れて欲しいと、強く思った。

これ以上、推測の域を出ない議論をしても仕方がないので、取り敢えず今夜のところはお開きにしようという事になった。

杉本沙知子を浜崎が送ってゆく事になり、タクシーに乗り込む直前、沙知子は由希に小さくVサインをすると、喜々として帰って行った。明日は一日、今夜の報告で持ち切りになるだろう。由希は何となく、若い二人を羨しく想っている自分に気付いて、ちょっとたじろいだ。

世間一般から見れば、女三十五歳はまだまだ女盛りの年齢だ。老け込む年齢でも、ましてや恋を諦める年齢ではないはずだ。

しかし、大学卒業後、半年足らずで親の薦める人とお見合い結婚をし、十一年半、一人の男性の妻として、結婚生活を送って来た由希にとって、恋愛は、未知の世界の事のように思えた。

作家として、一人立ちした由希に、好意を持って、夕食やコンサートに誘ってくれる男性も、一人や二人は現われた。しかし、すんなりと誘いに応じられないのだ。振り返ってみると由希には、恋愛らしい恋愛の経験がなかった。

別れた夫、沢木啓介とは、たった三度会ったきりで結婚していたので、恋愛期間と呼べる時期はなかった。ましてや、その前の学生時代には、申し込みはあったが、学生の分際という事で、由希が受け付けなかったので、由希が秘かに想う人はいても、相思相愛の恋愛に発展する由もなかった。

見合い結婚した沢木とは十一歳の年の開きがあった事もあり、結婚当初から夫に対しては敬語を遣っていた。夫も若い妻をめとったからと言って、いちゃつくタイプではなかった。跡取りを産んで、家庭をしっかり守ってくれれば、それで良しとする向きもあり、結婚後恋愛というケースからも外れて、淡々とした結婚生活であったように思う。

もっとも沢木の方は、結婚後一年も経っていないのに、由希とは十年も一緒に暮らしているような気がする、と言った。どういう意味で？　という由希の問いに対し、所帯じみてという意味ではなく、違和感がなく、自然だという意味だと言った。また、ずっと前から知っていたような気がするから、そう思うのだろうか？　とも言っていた。

しかし由希はというと、結婚後五年程は、夫に対して親近感というものを感じたこともなかったし、ましてや恋愛感情というものは、一度も持たなかったような気がする。

夫の親を、由希の祖母の代から良く知っていたという事が、見合いという突然の出会いの中でも、何かしら安心感を覚え、可愛がってくれた祖母の余命が幾許《いくばく》もなく、孫娘の花嫁姿を一目見たいという願いを、叶えてやりたい一心で、決めた結婚であった。

その後、そういう恋愛感情に代わって身内意識というか、身内としての情、沢木の妻としての自覚が出て来たように思う。

どちらかと言うと、家庭よりは仕事優先の夫は、子供が授からなかった事もあり、益々、仕事オンリーの人間になっていった。自分の趣味は大切にするが、由希との時間を共有しようという考えは、余りない人だった。

新築分譲で入った都心のマンションにも、新婚夫婦が何組かいて友達になったが、一年、二年と経つうちに、一人、二人とそれぞれ子供が出来ると、自然と話題も噛み合わなくなってきた。由希も夫の事務所を手伝うようになると、いよいよ仕事最優先の生活になって、最早、この結婚生活に何かを望む事を諦めるようになった。

常に、沢木の妻として、ミスがなく、内助の功を発揮するよう求められ、由希も誉められればまんざら悪い気もしないので、自分の存在意義はそこにしかない、とさえ思うようになって行った。

由希が十一年半の結婚生活に思いを馳せている内に、今夜は由希自身驚く程早く、我が家にたどり着いた。

家に入ると由希はいつもの習慣で、ベランダ側の窓を全部開け、空気の入れ換えをした。それからお風呂の追い焚きをしてから、テレビの前のアームチェアーに座り、テレビをつけ、ニュースを耳で聞きながら、夕刊にざっと目を通した。次に、目はテレビの画面に向けられていたが、由希の頭の中は、浜崎の言っていた、元夫の件が絡んでいるようだという言葉が、こだましていた。

一日の疲れがどっと出た由希は、ものぐさそうに立ち上がると、お風呂に入って神経をほぐすのが一番とばかりに、気合いを入れ、風呂場に向かった。

由希は日頃から、何か考え事に行き詰まると、水場に駆け込む習性があった。それは今夜のようにお風呂だったり、トイレだったり、あるいは食器を洗ったりと、要は、水を流す行為である。それによって、毎回いい案が閃めく訳ではないが、度々ヒントを得たり、どうしても解けなかった疑問が、「あっ、なあんだ、そうだったのか！」と、いとも簡単に解けたりと、結構恩恵にあやかっているのだ。

しかし、今夜の由希は、湯船につかった途端、睡魔が襲って来て、しばし眠り込んでしまう程、疲れていた。何分、否何十分湯船で眠り込んでいたか定かではないが、自分のこっくりで大きく体が揺らぎ、初めて眠りこけていた事に気付いた由希は、いつもは丁寧に洗う行程を、すべて簡単に済ませ、濡れた髪を乾かすのもそこそこに、ベッドにもぐり込んだ。

（すべて、明日考える事にしよう）

由希は瞬く間に、深い眠りに落ちて行った。

四

翌朝事務所に入ると、るんるんのはずの杉本沙知子が、妙に元気がない。

由希が「おはよう」と声を掛けても、由希とは目を合わせずに、挨拶を返して来るだけだ。今朝は、昨夜の報告で朝から浮かれているだろうと、予想していた由希は、拍子抜けしてしまった。

しかし、ワープロのキーを叩いている沙知子の邪魔を、わざわざするまでもないので、由希も自室にこもり執筆に専念した。原稿を数えるとなんと十枚書けていた。「お昼どうしますか？」と言う声が掛からないので、由希は自室を出て、事務室の沙知子に声を掛けた。

驚いたように振り向いた沙知子の目が腫れぼったい。昨夜、何かまずい事でもあったのかと、由希も俄かに心配になって来た。

（浜崎君たら、ウチの沙っちゃんに何をしたの？）

由希はすぐにでも浜崎に電話して、怒鳴りたい衝動をぐっと堪え、平静を装うと、

「沙っちゃん、お天気もいいし、今日は外に出てランチしようか？　私も順調だから、少しゆっくり出来るわよ」

「社長のお誘いは有難たいんですが、私なんだか食欲がないんです」

「えっ？　どこか具合でも悪いの？」

「いいえ、何んでもありません。どうぞ、社長お一人で行って下さい」

そう言われると余り気乗りはしなかったが、久し振りの、湿気の少ない爽やかな陽気に誘われて、由希は車で青山に出た。軽めにしようと思っていたが、イタリアの国旗がはためく、イタリアンレストランの前を通り過ぎた時、何んとも香ばしいにんにくの香りが、あたり一面に漂っていた。その香りを嗅いだ途端、猛然と食欲が湧いて来た。

由希は初めての店だったが、入ってみる事にした。ドアノブを握ると同時に、中からドアが引かれた。

染み一つない白衣と黒いズボンに身を包み、右腕に白いナプキンを折り曲げて持った店の人が立っていた。

「お一人さまですか？」

「はい、予約もしてないんですが、大丈夫でしょうか？」

「はい、構いません。ただいま、お席にご案内致します。どうぞ、こちらへ」

案内された席は、テラスに面した窓際の、二人用のテーブルだった。店内はほぼ満席に近い状態だったが、幸運にも良い席が取れた。

由希は渡されたメニューを広げて見た。ランチはA、B、Cセットのみで、アラカルトはなかった。由希は中間のBセットを注文した。ペリエも頼もうと思ったが、運ばれて来た水がとても美味しかったので止めた。何んでも群馬の方の湧水という事だったが、冷えていたこともあってとても美味しく、由希は料理が運ばれて来る前に、既におかわりしていた。

最初の料理は、季節のサラダかスープという事だったので、サラダを頼んだ。運ばれて来たサラダは、食欲をそそるような彩りの良い野菜が、お花畑のように盛られていた。ソースはシンプルで、オリーブオイルと塩、胡椒、パセリのみじん切り、それにレモン汁とワインビネガー、バルサミコ酢がそれぞれ少しずつ混ざったような味がした。所々に、さっとボイルした魚介が紛れ込んでいたので、とてもソースと合っていた。

次がメインディッシュである。由希は魚を選んでいたので、本日の魚、真鯛のポワレがテーブルの上に置かれた。かなり大きめにカットされた真鯛の上にソースが掛かり、付け合わせにパプリカの赤と黄、それとズッキーニの千切りのソテーが添えられている。ソースにも味が染みているポワロ葱も、何切れか添えられていた。ポワロ葱に目がない由希は、早速これを口に運んだ。ソースが染み込んで、とろとろになったポワロ葱は、正にほっぺたが落ちそうなほど、美味しかった。

こんなに幸せでいいんだろうか？　真っ昼間からこんなに美味しいものを食べて。しかも一人で。杉本沙知子を誘って来なかった事が悔まれた。彼女がいたらきっとうるさかっただろう。感嘆の声の連続で。杉本沙知子の事に考えが及ぶと、由希はランチが済んでから、浜崎に抗議の電話を入れる事を思いついた。

デザートのケーキを食べエスプレッソを飲み終えると、本当に満ち足りた気分で久し振りに寛いだ気分だった。どんな些細な事でも、一日に一回（もちろん、それ以上ならなお結構なのだが）、幸せだな、生きてて良かったと、感謝出来る自分でいたいと由希は思っている。それが明日につながり、また頑張ろうという気になれるからだ。

会計を済ませて店を出た。店が面する大きな通りから一本入るとそこは、可愛らしいショップが何軒かあるので、いつもつい覗いて見たくなる。今日は駐車場に戻る道沿いにあるショップだけを覗く事にし、先ずは大好きな食器屋さんに寄った。どちらかというと和物の素焼きっぽい器を、主に扱っている店だ。まだ無名の作家モノが多く、毎月ディスプレイの器を替えるので、由希は来る度に覗くようにしている。しかし、まだ買った事はない。どうしても欲しいという気までは、起きないからである。

その次はバッグや小物、アクセサリーを扱うショップを覗いてみる。ここもいつも個性的な品揃えで、イタリアやフランスの小粋な輸入品も一点物でおいてあるので、結構楽しめる店だ。たまに、本当に個性的で可愛らしい、飾って置きたいような靴も並んでいる。そういう日は、買わなくても得をした気分になるので、不思議である。

それは、少なくとも由希の脳細胞の活性化には、何かしらの影響を齎《もたら》してくれていると思うので、感謝である。

この店を出ながら、もうぼちぼち浜崎も昼休み時間が終わる頃だろうと思い、由希は携帯を鳴らしてみた。珍しく二回コールで出た。

「はい、浜崎ですが、昨日は遅くまでお付き合いさせてしまって、申し訳ありませんでした。それとご馳走さまでした。で、何か？」

由希は、いつにない浜崎の饒舌ぶりに、面食らいながらも、ここで出鼻をくじかれまいと踏ん張った。

「昨夜は、うちの杉本を送って頂いて、どうもありがとう。ところで、何かあったの？」

「何かって、おっしゃいますと？」

「あ、いえ、うちの杉本が今朝からどうも元気がなくて、様子も変だし、目も泣き腫らした跡のように腫れぼったいし……」

「元気がないのは、月のモノでも来たんじゃあないでしょうか？」

「はあ？　あのねえ……」

「それに、杉本君と言えども、うら若き女性ですからね。失恋の一つや二つ……」

「あの、浜崎君。お言葉ですが、うちの杉本に限って言える事は、彼女は現在、ただいま、正真正銘の初恋の真っただなかなの。それで失恋云々と言うことは、昨日の今日で、浜崎君しか原因が思い当たらないんだけど」

「そういう責任転嫁は止めて下さい。片倉社長らしくもない。僕に聞くのは筋違いというもんです。社長の所の社員なんですから、直接本人に聞かれたらどうです？　御用がそれだけでしたら、ちょっと急ぎの用が入ってますんで、切らせてもらいます」

「ちょ、ちょっと待ってよ、浜崎君」

「原稿の件は、また夜にでも連絡させて頂きます。それじゃあ」

それっきり、プープーという音しかしなくなってしまった。思い返してみても、ここ半年の付き合いの中で、彼から電話を一方的に切られたのは初めてである。電波が届かなくて、途切れた事を除けば。

しかし、彼が言うことも正論ではある。由希は何やら、久し振りの外でのランチにすっかり気を良くして、由希らしくもない電話を、浜崎に入れた事を悔いた。浮わついていると、思われたかも知れない。由希は気を取り直して、駐車場へ向かった。杉本には仕事が終った後にでも、事情を聞くことにしよう。

午後は、由希も沙知子も仕事に集中した。というより、熱中していたという方が、的を得ている程、一時から五時半までの間、一度も席を立つこともなく、一心不乱に机に向かって一人はペンを走らせ、一人はワープロのキーを叩き続けていた。

由希はふーっと長い溜息をもらすと、一段落しようとペンを置いた。枚数で三十枚、びっちり書けている。一気に書けたので、仕上がりにも自信があった。それにしても四時間半、飲む物も摂らずに一気に書いたのは、物書きになってから、初めてのような気がする。由希は椅子の背にもたれて大きく伸びをすると、今日はこの勢いで、あと十枚は書くつもりになっていた。

濃いコーヒーを飲んで、一息つこうと事務所を覗くと、さっきまで聞こえていた威勢のいい音はなく、ワープロの前にぼんやり座っている、杉本沙知子の姿が目に入った。

由希はどうしたものかと、軽く咳払いを一つした。杉本沙知子にも聞こえたらしく、しかし、いつもと違って彼女はゆっくり振り向くと、腫れぼったい目をしばたたかせながら、

「あっ社長、コーヒーですか？　お淹れします」

と立ち上がった。

「いいのよ。自分好みに淹れるから。沙っちゃんも飲む？　濃くても平気？」

所在なげに立ち尽くす杉本を、ソファに座っているよう手で合図し、由希は手描きのカップに二人分のコーヒーを淹れると、沙知子の前のテーブルの上に置いた。そして向かい合っ

て座ると、二人は黙ってコーヒーをすすった。

互いに半分程飲んだところで、由希がおもむろに口を開いた。

「沙っちゃん、言いたくなかったら答えなくてもいいのよ。きのう、あれから何かあったの？」

沙知子はもっていたカップの中を覗き込んだまま、目を上げようとはしなかった。

「沙っちゃん、今のは聞かなかった事にして。ただ、いつもの沙っちゃんの元気がないから、気になっただけだから。何か悩み事があるんだったら、いつでも相談してね。私に出来る範囲で、精一杯相談に乗るから。今日はもう帰ってもいいわよ。ランチも抜いて一心不乱に、仕事してたものね」

カップの中をじいっと見つめていた沙知子は、声もなく大粒の涙を流した。その涙を急いで掌で拭うと、沙知子は、嗚咽だけは堪えようと、歯を食いしばっている。

由希は立ち上がって抱き締めたい衝動を、懸命に堪え、沙知子の言葉を待った。

「社長……、心配かけて済みません。今は心の整理がつきませんので……、いずれ、きちんとお話出来ると思います」

由希は立ち上がって沙知子の横に行き、彼女を抱き締めると、背中をトントンと軽く叩いてやった。幼い頃、父がよく由希にしてくれた仕草だ。何も言わず、ただそれだけなのだが、由希はいつも、胸の痞《つかえ》が一気に溶けて行く感じと、父の大きな愛情を感じ、何んとも言えない、安心感を覚えたものだった。

今由希は、無意識のうちに、身内のように思える沙知子に対して、父と同じ仕草をしている事に気づいて、由希自身が一番驚いた。

この仕草は、沙知子にも同じ効果があったらしい。由希の腕の中で明らかに、息遣いが穏やかになって行くのを感じた。

「社長、いろいろとご心配かけてすみませんでした。今夜はこれで帰らせて頂きます。お疲れさまでした。お休みなさい」

沙知子がビルを出て、地下鉄の駅の方向へ歩いて行く後ろ姿を、事務所の窓から見送りながら、由希はふーっと一つ、長い溜息をついた。人生とは辛いものだ。若いという事は、これからその辛さを、沢山経験して行くという事なのだ。

由希は、気持ちを切り替えて、小説の執筆のため、自室に戻った。机の上に広げられたままの原稿用紙にざっと目を通し、流れを思い出した。次の出だしがすぐ浮かんだので由希は、この勢いを削ぐ事なく一気に書き上げようと、執筆に集中して行った。

どれほどの時間が経っただろうか？　腕時計に目をやると八時五分前である。約二時間集中して書いていた事になる。枚数も目標の十枚はクリアしていた。これより先、由希の小説は丁度佳境に入る所だったので、今日はこの辺で、切り上げて帰る事にした。

由希が机の上を整理していると、バッグの中で、携帯電話がブルブル振動しながら鳴り出した。

見ると浜崎からである。

「あ、もしもし、浜崎ですが、社長今どちらでしょうか？」

「まだオフィスにいます。丁度今帰ろうとしている所ですけど」

「そうですか。僕、今近くまで来ているんですけど、今からお会いできませんか？」

「今から？ 急なお話ね。浜崎君夕飯は？ まだ？ じゃあ丁度良かったわ。私、お腹ペコペコなのよ。近場だけど、駅ちかくのTビルの地下にある中華のお店、結構いけるから、そこで待ち合わせしましょ。予約入れときますから。じゃあ後ほど」

由希はそれから機敏に、整理と点検をし、中華店に個室の予約を入れると、地下駐車場へ急いだ。

そのビルは、由希の事務所から道が空いていると、ものの二分もあれば着く。

同じようにビルの地下駐車場に車を入れ、地下一階の中華料理店に行くと、既に浜崎は来ていた。

案内係に予約の旨を伝えると、すぐに個室に通された。この店は九時半がオーダーストッ

プなので、幾分余裕を持って食事が出来る。席に着くと浜崎が小声で、

「片倉さん、昨日の今日で、またこんな御馳走になってもいいんですか？」

「そちらから誘って来たのよ。まあ、私もあなたに用があったから、グッドタイミングね。それにここは見掛けほど高くないし、一皿の量が多いから、そう何品も食べられないから大丈夫。心配しないで」

由希は浜崎の好みを聞きながら、由希なりのお奨めメニューを注文した。

二人共車だったので、ウーロン茶で乾杯した。最初の前菜三品盛りが運ばれて来ると、店員を立ち去らせ、由希は早速、今夜何故誘われたのかを問い質した。

「実は、田所部長殺害の件で、ちょっと進展があったので、ご報告しようと思いまして」

（田所部長、そう殺されたのよね）

由希は決して忘れた訳ではなかったが、今日は朝から頭になかったのも事実である。どんな進展があったのかは、とても気になる。

「ご存じのように、我が社のビルは二十四時間体制で警備が付いています。特に夜間は出入りの者の名前が記されるだけでなく、防犯用のカメラにも、必ず正面からの顔が映るようになっているんです。これは特殊技術なので特許を取っているらしいんですけどね」

「へえー、それは知らなかったわ。私も一度、夜間お邪魔した事があったけど、来訪者に

それと気付かれずに、そんな事が出来てたなんて」

「まあそれは片倉さんが、今度注意深く探られたら、すぐ見抜けますよ。その事はさて置き、そこに映ってた顔と名前、もちろん来訪者は誰を訪ねて来たか、書く事になってますから、その線から警察はある人物に事情聴取をして、血液型の確認も取ったんです。ところが彼はA型だったので帰されたんです。でも、僕は名前を見てピーンと来ましたので、一応、片倉さんの前のご主人に、防犯カメラの顔を確認してもらいました。やはり思った通り、昨夜お話しした例の詐欺グループのボスでした。本当のボスはもう一人の、片割れの方だという意見もあるそうなんですが、表向きのボスに間違いないという事でした」

「という事は、沢木の件とつながったという事？」

「何かしらの接点があった事は確かですが、彼は八時五十五分に社を後にしているんです」

「浜崎君、気を悪くしないで聞いてね。今ふと思ったんだけど、あなた方社員は、別に残業で残ったからと言って、いちいち下の警備の所まで行って、名前を記す事もないわよね？帰る時は、タイムカードを押して出て行くだけでしょ？」

「まあそうですね。外から新たに入って来る時は別として。でも、僕らも防犯カメラには一応映るんですよ、帰る時」

「正面から？」

「いえ、それはないですけど。あーっ、もしかして、社の内部の人間を疑ってます？」

「だから、気を悪くしないでと言ったでしょ。冷静に考えたら、一番に思いつく事よ。仮に社内に、田所部長の共犯者がいて、実はそちらの方が主犯格だとして、二人の間で何かもめて、田所部長が、もうこんな事から手を引きたいと言ったか、あっ」

「どうしたんです？　片倉さん」

「ごめんなさい。恐しい事思いついちゃったの。でも、その確率の方が高い気がして来て。いい？　田所部長はゆすったんじゃあないかしら？」

「また、突っ拍子もない事をよく思いつく方ですね。小説じゃあないんですよ。誰をゆすったって言うんです？　そこまで田所部長はお金に困っていたというんですか？」

「事実は小説より奇なり、というでしょ？　ゆするという事は、田所部長より地位の高い人よ。ちょっとや、そっとの人じゃあないわね。じゃなきゃあ、成立しないものね。ゆすりと殺人という構図が」

「片倉さん、なるほど、それだけ思考がというか、想像力がぶっ飛んでないと、フィクションは書けないかも知れませんね。しかしですね、これは現実の殺人事件なんですよ」

「浜崎君は、もっと切れると思ってたけど。愛社精神は結構ですけど、灯台下暗しって言うでしょ？　現にあなただって、第一発見者という事から、疑われたでしょ。そんなサングラスかけたままじゃあ、暗くて、曇ってて何も見えなくてよ。こうなると、田所部長の身辺から、もっと洗い出さないとね。お金がそんなに必要な事情があったのかどうか？あーあ、私が思い付く位だから、もう警察はとっくに調査してるわよね？」

横を向くと、さっきまでとは打って変わって、真剣な表情の浜崎が目の前にいた。

「我が社は、取締役以上の幹部は、警備室の前を通らなくても帰れるんです」

「えーっ？　浜崎君、何故早くそれを言ってくれなかったの？　じゃあ、やはりその可能性は大じゃない？　ところで、どこから帰るの？」

「幹部通用門というのがあるんです。取締役以上ですから十人です。それぞれがホテルのカードキーみたいなものを持っていて、それを差し込んで開閉するんです」

「じゃあ、誰が出入りしたかまでは、確認できないのね？」

「それは無理です。それを持っている事自体、社内的には身分証明ですから。ただ、その線で行くと、十人に絞り込まれますね」

この時、店員が料理をワゴンに載せて運んで来た。一皿ずつではなく、一度に全部持って来て欲しいと頼んでおいたからだ。料理は各々が取り分けて食べるので、と言って下がってもらった。聞かれたくない会話をしているのだから。

料理が来て五分程は、二人共食べる事に集中した。しかし頭の中は、今しがたの会話の続きに、それぞれの神経が行ってて、料理を味わうどころではなかった。

「警察は、幹部通用門の事は、知ってるのかしら？」

「片倉さんのような推理をして行くと、いずれたどり着くでしょうね。その前に警備の方から話が出るでしょうね」

「浜崎君は、別の線を考えてる訳？」

「いえ、余り認めたくはありませんが、片倉社長の推理は、的を得ているかなと。そうなるとこれは、僕の仕事という事になりますね。社長に報告して、調査するチームを組む事になるでしょうね」

「先ずは、社長がこの推理を納得して下さるか、どうか？　という所ね」

「そうなんです。そうなると父も兄も含まれますから、僕としては気が重いな」

「そうね、私もついこんな推理になっちゃったけど、浜崎君にとっては、他人事ではないんですものね。何んだか、ごめんなさいね」

それから二人は、今度こそ食べる行為に集中した。由希は、お腹がペコペコだったはずなのに、話題のせいか、空き過ぎたのか、いつもの半分位しか入らなかった。それでも浜崎が、頑張って食べてくれたので、残しはしなかった。

会計を済ませ、地下二階の駐車場に向かうエレベーターの中で、由希は今夜、浜崎に問い質す件を思い出した。

　エレベーターを出る時、それとなく聞いてみる。

「浜崎君、昨夜、帰りのタクシーの中で、何か話したの？　彼女のマンションまでは、少なくとも三十分はかかるもの。無言でいた訳じゃないでしょ？」

「三十分どころか事故があったらしくて、片側閉鎖で混んでましてね。五十分位かかりましたよ。もちろん、車中では色々話しましたよ。それを全部報告しなくちゃあいけませんか？」

「私の言わんとする所が、本当は分ってるんでしょ？　彼女が泣くような事を、言わなかったかって、聞いてるんです」

「僕としては、意図して彼女を泣かせようと言った言葉は、一つもありませんし、誠心誠意対応したつもりです。でも、後で彼女が一人で泣いたとしても、それは彼女の問題ですし、少なくとも、僕と一緒の時は、泣いてませんでしたよ」

「浜崎君て意外と冷たいのね。泣くかも知れないと予測しながら、話してたのね」

「片倉さん、彼女はもう二十三ですよ。そりゃあ片倉さんから見れば、ウラ若き乙女かも知れませんが、あっ失礼。可愛い子には旅をさせろじゃあありませんが、恋愛だろうと、仕事だろうと、人生避けて通れない事があるんだという事は、誰しもが経験してるし、また、経験しなくちゃあいけないと思いませんか？　彼女だけが特別でいられる訳がないんですから。片倉さんだって、沢木さんと結婚されるまでの恋愛期間中に、泣きたかったり、寂しかったりしたはずです。もちろん、楽しかったり、嬉しかったりもしたと思いますが。そうでしょ？」

「えっ……」

由希は突然自分の身に置き換えられて、二の句がつげず、その場に立ちすくんでしまった。車の置いてある方向に一緒に歩いていた浜崎は、隣から人の気配がなくなった事に気づいて、後ろを振り返った。四、五歩後ろで固っている由希を見つけると、何故か、ふっと笑みが洩れた。

（本当にこの女《ひと》は、僕より七つも年上なのだろうか？）

由希は浜崎の仕草が、子供が駄々を捏《こね》る時に、大人が見せる、どうしようもないな、お手上げだよという仕草のように感じられ、頬が赤らんだ。自分の裸体を見られたように恥ずかしかった。これじゃあまるで、年上と年下があべこべだ。でも、年上だからと言って、必ずしも年下より大人だとは限らないのだ。年上だからと言って、すべてを経験しているとも限らない。

由希は、時計仕掛けの人形のように、幾分ぎこちなく一歩を踏み出した。それから四、五歩進んで、やっと浜崎に並んだ。

「僕の言った、どの言葉が、これ程のショックを片倉さんに与えたのか、見当もつきませんが、取り敢えずショックを与えた事は確かなようなので、謝っときます。済みませんでした。もう大丈夫ですか？」

「ええ、大丈夫よ。別にショックを受けた訳じゃないんだけど、自分でもどうしてしまったのか、分らないわ」

由希は、明らかに嘘をついた。

浜崎は、百パーセント信じた訳ではないようだったが、敢えて何も言わなかった。

「浜崎君の言う通りかも知れないわ。彼女ももう大人なんだし、と言うより大人にならなくちゃあいけない訳だから、余計なお節介かも知れないわね。心情としては、心配で仕方がないんだけど」

「彼女は大丈夫ですよ。片倉さん、むしろ心配なのは貴女の方ですよ」

由希は何故かドキッとした。浜崎に貴女などという呼び方をされたのは、初めてだ。その響きが由希に、浜崎を男性として初めて意識させた。今までは、お調子者の、ずっと年下の自分の担当者という意識しかなかったのに、何故か突然、目の前にいる浜崎が、男性として映った。

由希は無意識に、左右に頭を振った。そして自分の車に向かいながら、

「じゃあ、今夜はご苦労さま、お休みなさい」

後ろも見ずに片手を振ると、車に乗り込み、発進させ出て行った。その様子を注意深く見守る、浜崎の視線には気づかずに。

五

翌日、由希が出社すると、

「おはようございます。社長」という沙知子の元気な声に、出迎えられた。

由希も思わず、

「あっ、おはよう。いいお天気ね」

と挨拶を返しながら、確かに彼女は大丈夫そうだ、外見は。きっとそうやって、自分を元気づけているんだろう、彼女なりにと安堵した。由希は健気に振る舞う彼女が、前にも増して愛おしかった。若さが羨ましくもあった。そして今後は、一切お節介は慎み、彼女が相談して来たら、乗ってあげるようにしようと決めた。

「沙っちゃん、早速だけどこの原稿、急いでワープロで打って。お願いね。出来たら今日中にR出版の浜崎君にファックスで送るか、直接届けて頂戴ね。今日も頑張って書くので、後でコーヒーお願い」

そう言い残すと由希は自室に入り、いよいよクライマックスに入る小説の構想に、全神経を集中すべく、腕捲《うでまく》りをすると、原稿用紙に向かった。

午前中は本当に集中していたらしい。遠慮がちな沙知子のノックの音を、ややもすると、聞き逃しそうだったのだ。

「どうぞ」

と声を掛けたが沙知子は、ドアを半開きにしたまま、中を覗くような格好で、

「社長、お昼はどうなさいますか?」

と、今日はやけにしおらしい。

「もうそんな時間なのね。そうね、一息つこうか? 濃いコーヒーを飲もうかな。沙っちゃんは何か買いに行くの? そう、私も一緒のものでいいわ」

千円札がなかったので、一万円札を渡して、二人分払うよう言う。由希はその間にコーヒーを淹れておこうと、コーヒーメーカーに、粉と水をセットした。

今朝は朝刊に目を通してなかった事に気づいて、三紙にそれぞれざっと目を通しながら、スクラップしたい箇所を、マーカーで囲って行く。そうこうしている内に、部屋中にコーヒーの香りが漂って来た。最後のプクプクが鳴り終わったところで由希は、マグカップに一杯注いで一口すすった。

丁度沙知子も戻り、二人はソファに向かい合って座り、買って来たイタリアンランチBOXなるものを、広げて食べ始めた。濃い目のコーヒーは、今日のランチにぴったりだった。

お昼も食べ終わり、一息ついたところで、沙知子は何やら迷っている風であったが、意を決したように、由希の目をしっかり見つめ、

「社長、色々とご心配かけて済みません。いつもの事ですが、温かく見守って頂いて感謝しております。でも、私は大丈夫なのでご心配なさらないで下さい。今後共、今まで以上に仕事を頑張りますので、宜しくお願いします」

立ち上がって、お辞儀までしている。

由希は手で座ってという仕草をし、沙知子の目をじいっと覗き込んだ。大丈夫そうではあるが、一生懸命踏ん張ろうとしているのが、見てとれた。

「沙っちゃん、そんなに肩に力を入れなくても、ゆっくりでいいのよ。ゆっくり時間をかけて、自分が納得出来る時が来たら、その時受け入れればいいのよ。自然体で泣きたい時は泣き、辛い時は苦しんで、自分の心を無理に抑え込まなくてもいいのよ。無理をすると後で歪《ひずみ》が出るから」

そう言うと由希は、俯いている沙知子の肩をポンポンと軽く叩き、言った。

「さあ、午後の仕事に戻りましょうか?」

由希が執筆に集中していると、三時頃浜崎から電話が入った。昼休みの時間に警察が訪

ねて来たという事だった。警備員からの事情聴取で、幹部通用門の事を聞きつけたようだ。由希と同じ推理で、俄かに警察も殺気立って来たらしいという事だった。警察も取っ掛かりが欲しいはずである。ましてやこのヤマは、全国ネットのニュースやワイドショーでも、取り上げられているので、警察の面子もある。早期解決をみたいのは、素人にも分る事だ。

浜崎は他に、やはり田所部長の身辺、特に借金の有無、それに沢木からの情報提供との関連で、沢木からも任意で事情を聴いているらしいとの事だった。最後に、思い出したように、原稿の進み具合いを尋ねるので、夕方までにファックスで送る旨を伝えると、「ヒュー」と口笛を吹いたきり、電話を切られてしまった。担当編集者の態度としては確かに、誉められたものではなかったが、由希は今仕事に乗っていたので、あまり気にせず仕事に集中する事にした。

今度の小説は何んとなく、今までの殻を打ち破れるものになりそうな予感が、由希にはするのだ。否、どうしても打ち破りたい、新境地を開いてみたいという、由希の切なる願望が、そう思わせているのかも知れないが。

由希は流石に、首や肩に強張りを感じ、椅子の背に凭《もた》れて、大きく伸びをした。時計を見ると六時十分前であった。

ノックの音がし、沙知子がドアから覗くようにして、

「社長、今日は整骨院の予約日ですけれど、どうなさいますか?」

あー、道理で凝りを感じるはずだ。一週間も経ったんなら。

「もちろん、行くわよ。よく教えてくれたわね。すっかり忘れてたわ。今すぐ出ます」

由希は机の上を簡単に整理すると、駐車場に向かった。歩きながら携帯で、国立の友人に連絡を入れた。案の定、百合江ちゃんの所はオーケーで、今夜は何やら食事会をするらしく、由希が来るなら何人かは、九時まで残って待っているので、必ず寄るように指令が出た。

今夜の首都高は、車が流れていた。この分だと八時前には、整骨院に入れそうだった。

いつものように国立駅近くの駐車場に車を入れ、JR国立駅から中央線で日野に向かった。駅の真ん前に整骨院があるので、とても助かっている。

受付を済ませると、すぐに呼ばれた。

着替えてベッドの上に腹這いになると、仕度が出来た旨を伝えた。

「今日はどういう具合ですか?」

いつもの質問に対し、由希も症状を具体的に話す。鍼治療をしながら今日は、珍しい話題を院長が持ち出して来た。

「ところで、数日前のニュースに出ていた殺人事件ですが、R出版と言えば、片倉さんのお知り合いですか？」

「えーっ？　何故それを？」

「いいえ、先週いらした時に携帯で、Ｒ出版のどなたかが、どうのと話してらしたのが、外に立ってても聞えたものですから」

「あ、あの時は、お騒がせして申し訳ありませんでした。そうですよね？　あんなに大きな声で話してたら、嫌でも耳に入りますよね。そうなんです。知り合いの方だったもんですから、本当に驚いてます」

「新聞で読んだところによりますと、亡くなられた方は、国立の住人だったみたいですね。片倉さんは国立に、お知り合いが多いから、亡くなられた方をご存じの方もいらっしゃるんじゃあないですか？」

（えっ？　田所部長は国立の住人だったの？　あの日は浜崎君の事で慌てて、新聞も読まなかったから、知らなかった）

由希の想いをよそに、院長はなおも、

「世間って、本当に狭いですからね。意外に灯台下暗し、なんて事もありますよ」

などと話し掛けて来る。

「実は今日、帰りに国立の友人の所に寄る事になっているんです。食事会があるらしくて、きっと四、五人は残ってると思うので、それとなく聞いてみます。今日は院長先生に、大事な情報を頂いちゃいました。有難とうございます」

「いやいや、大したことじゃあないでしょう」

柄にもなくテレた感じが、可愛らしい。だが、声はあくまで声優顔負けの、適度に低音で、艶があって、情感がある。いつもながら、うっとりと聞き惚れてしまうバリトンなのだ。

治療を終えて出て来ると九時だった。由希は心持ち小走りに駅まで戻り、運良く来合わせた電車に乗り込んだ。

百合江ちゃんの家のチャイムを鳴らした時は、九時二十分になっていた。

「どうぞ、皆さんお待ちかねよ」

インターホン越しにお母さまに言われて、由希は玄関へ急いだ。スキッピーを抱っこした百合江ちゃんの出迎えを受けて、リビングからダイニングに入る前に、仲間たちの歓迎を受けた。百合江ちゃん親子以外の友人と会うのは、半年振りだったので、由希は流石に懐かしさで一杯だったが、同時に有難たくもあり、胸に熱いものを感じた。

「さあさあ片倉さん、幽霊のように突っ立ってないで、こちらにいらして座って」

百合江ちゃんのお母さまの声につられたように、他の三人も一斉に、

「そうよ、早くこちらに座って。今ね、先日のR出版の殺人事件の事で、ちょっとした盛り上がりなのよ」

とは、下林素子だ。由希より丁度一回り年上の方だが、お菓子やケーキ作りが趣味のところが、妙に共感出来るのだ。そもそもこの仲間自体が、趣味のお稽古で知り合ったので、皆共通の趣味でつながっていると言えるのだが。由希は今しがたの院長の言葉を思い出し、世間は狭い、と改めて思った。

椅子に座りながら由希は早速、今の話題を下林素子に振った。

「田所部長が国立の住人と伺ったんですが、どなたかお知り合いなんですか？」

「どなたどころか、私の家の三軒隣の方なのよ。本当に、びっくりどころじゃあないわ」

実家が京都の彼女は、興奮すると語尾が、関西訛のアクセントになる。

「片倉さん、田所部長なんて呼び方するのを見ると、お世話になってる出版社なのね？ニュースにも出る程の、大手の出版社ですものね。そうそう、それでね、ワイドショーなんかで裏金云々って言ってたでしょ？　サラ金に借金でもあったんじゃあないか、なんて事も言ってたけど、あのご主人はそんな人じゃあないわよ」

「と言うと？」

「これはさっき、皆んなにも言ってたんだけど、田所さんの奥さんが、あれはそう三年位前だったかしら。突然、倒れられてね。前からそんなに元気一杯という感じの人ではなかったけど、大きな病持ちという訳でもなかったから、ご主人も驚いたと思うのよ。で、検査をしたら子宮癌だったのよ。でもお医者さんは、まだ初期だから手術で充分助かるって保証して下さって、事実、手術は成功したの。私もお見舞いに行ったんだけど、不幸中の幸いで、早く見つけたから命拾い出来たなんて、彼女も明るく言ってたのよ」

「それでは済まない事態になったんですね?」

「そう、そうなのよ。あの時の田所さんのご主人のこと思い出すと、今でも泣けて来ちゃうんだけどね」

そう言いながら彼女は、近くのティシュボックスから、ティシュを二、三枚抜き取り、鼻をかんだ。

「あのお宅、ご主人と奥さんの二人きりなのね。ご存じなかった? そうよね、プライベートな事まではなかなかね。子供が出来なかったのは、奥さんの話だと、何でも奥さんが娘時代に、甲状腺腫という病気で、一度手術をした事があるんですって。でも経過は良好で、それからは一度も発症しなかったんで、完治したと思ってたらしいの。説明長い? ごめんね。他の皆は一度聞いてるから、飽きたでしょ? テレビでも観てて。私は片倉さんに説明するから。どこまで話したっけ?」

「完治したと思ってた、という所まで」

「そうそう、子供が出来ないのは、その事と関係あるかも知れないって、彼女は言ってたけど、産婦人科で検査を受けた事は、ないんですって。ご主人が天からの授かりモノなんだから、出来なきゃあ出来ないでいいじゃないかって、検査させなかったらしいの」

「じゃあ、本当の所は、分らずじまいですよね。まあでも、原因が分って却って傷つく事もありますし、何とも言えませんよね、こればかりは。当事者の問題ですし」

「でもね。奥さんは子供が欲しくて仕方がなかったのよ。実際、子供好きの人でね。ウチの息子二人も、小さいころ随分可愛がってもらったし、ケーキも焼いてもらったりしてね。ご主人はとても愛妻家でらしたけど、仕事で毎晩遅いでしょ？　やはり、淋しかったと思うわよ。あっ、また横にそれちゃった」

横から百合江ちゃんのお母さまと二人の仲間、真中弥生と太田美恵子が、茶々を入れる。

「素子さん、横にそれっぱなしよ。それじゃあ、いつまでたっても結論にたどり着かないわよ。片倉さんも疲れてるし、私たちももうぼちぼちお暇しなくちゃあいけないんだから。素子さんも帰らなくちゃあいけないんでしょ？」

「今何時？　まあ、もうこんな時間。十時までには帰るって言って来たから、私も帰らなくちゃあ」

「大丈夫よ。素子さんから聞いたお話は、私が全部憶えてますから。ねえ、百合江、あなたも憶えてるでしょ?」

「まあ、大体ね。肝腎な所は憶えてると思うけど」

「ほら、大丈夫よ。後は私が引き受けたから、もう、帰った方がいいわ」

他の三人とは、また今度休みの日にでも、ティーパーティーをしようと約束し、別れを告げた。

三人を見送ってリビングに戻って来ると、百合江ちゃんのお母さまが、

「片倉さん、お夕飯まだなんじゃない? 食事会の残り物でも良かったら、召し上がっていく?」

「お手数かけて済みません。給仕は自分でしますので、お言葉に甘えてよろしいですか?」

「もちろんよ」

そう言いながらも、冷蔵庫を開けると、タッパやらラップに包んだお料理を取り出して、

「この二つはチンして温めて食べた方が、美味しいわよ」

とアドバイスして下さる。由希は勝手知ったる何んとやらで、適当な食器を見つけ、それに、タッパから出して盛ったり、チンしたりして、今夜自分が食べられそうな量を、見繕った。

それらをダイニングテーブルに並べていると、百合江ちゃんとお母さまも、向かいと隣の椅子に陣取って、由希が席に着くのを待っている。

「それじゃあ、お言葉に甘えて、頂きます。本当に、遅くに済みません」

「そんな、気にしなくていいのよ。私も百合江も今夜は嬉しいのよ」

「そうよ。だって片倉さん、毎週のように寄られても、ご飯食べて行くの初めてですもの」

「そう？　何度かお食事会には、寄らせて頂いてるんだけど。だっていつも、遅くに来るんですもの仕方がないわ。毎週食べていかれたら、百合江ちゃんこそ、たまったもんじゃあないはずよ」

「じゃあ、片倉さんは召し上がっててね。私が続きを申し上げますとですね。田所さんの奥さまの手術が成功したのも束の間、突然、容体が急変したそうよ。ご主人が呼ばれて、二、三日が峠なので、親族の方を呼んでくれと言われたそうなの。一時は心臓も停止なさったとかで、その時、ほんの四、五分、と言っても大きいわよね。脳の方に酸素が行き渡らなかったらしいの。専門的な事は判らないんだけど、何んでも酸素吸入器の数値が九七以上はないと、いけないとか言ってたわよね、百合江？」

「多分そう言ってた」

「うちの祖母が入院してた時、私も看護婦さんに聞いた事があるわ。数値が九五に下がったら呼んで下さいって。九七以上じゃあないと良くないって」

「じゃあ、やっぱりそうなのね。それでね、その何分かのミスで、奥さま、いわゆる植物人間になってしまったんですって」

「まあ、何んて事！　田所部長が、そんな大きな悲しみと苦しみを抱えてらしたなんて」

由希は、自分がご飯を食べている事が、申し訳ないような気がして、箸を置いた。心なしか食欲も失せた感じだ。

そんな大きな不幸が突然襲って来て、今度は田所部長自身も殺されてしまうなんて！

由希は今になって初めて、田所部長の死を深く悲しんだ。何故急にお金が必要になったのか、痛い程分る。そしてその事によって、自身の命まで奪われ、哀れな奥さまを残して逝かれた部長は、どんなに無念だったろう。そしてそんな事すら知る由もない奥さまの不憫さを思うと、由希はやり場のない、怒りと悲しみで、胸がはちきれそうだった。

その様子を横で見ていた母親が、

「本当にお気の毒で、言葉もないわよね。でも片倉さんて、前にも言ったけど一見するとクールな片倉さんなんだけど、付き合うとホント、ホットなのよね？　ね、百合江？」

「本当にそう。サッカーの試合の時なんか、我を忘れて応援しているんですもの。他人の事は言えないんだけど私も」

「そう、あなたは言えない。もっと上行ってるものね」

この茶々はほぼ同時に、由希と母親が入れた。

由希は以前祖母が、集中治療室に入っていた時の事を、思い起こしていた。あの時、同室の向かいの患者さんが、正に田所部長の奥さまと同じケースだったのだ。

その時三週間程、夜付き添って泊り込んだ由希は、同じくその奥さんのために、付き添って泊まり込んでいたご主人と、少しずつ、言葉を交わすようになり、奥さんの病状も詳しく知るところとなった。ただ、この奥さんは年齢が丁度満七十歳を迎えて一カ月後に発病した事と、甲状腺の手術を、三十二歳と五十歳の二度に亘ってしている事が、違いと言えば言えた。しかし、この年齢の違いは大きい。

田所部長が五十歳代半ばだったのだから、奥さまも同じ位と見ていいだろう。満七十歳を過ぎての発病と、その前とでは、今の日本の医療制度の下では、大きな違いが出て来る。

七十二歳になられるというそのご主人は、年金生活者の身である。ある時、先月分の会計を済ませて来たと言って、ためらう由希に、請求書の内訳と、実際の領収証とを見せてくれた事があった。

それによると、生死の境をさまよっていた時期は、個室代やら高額医療費がひと月百万円以上の請求になっていた。そして、何んとか峠を越えて幾分安定の状態になってからは、その約半分の請求になっていた。

もちろん、そんな莫大な医療費を、年金生活者のご主人が払えるはずもないが、七十歳を過ぎていたので、月二、三万の負担で凌げるので、本当に助っているという話を、聞かされていたのだ。

無論、社会保険に入ってらした田所部長の奥さまなので、治療費は二割負担で済む。これも、高額負担に属するので、申請すれば三、四カ月後には、治療費二十万として、十三万強は戻って来る。しかし、それは、純粋に治療費に関してだけなのだ。完全看護やベッドの差額代、食事代と見積ってゆけば、その医療費を毎月、それも三年もの永きに亘って、支払うという事が、一介のサラリーマンの身の、田所部長にとって、如何に大変な事だったろうか？　しかも、これから先も果して、どれ程の治療費が掛かる事だろう。毎月の治療費を捻出するため、田所部長が手段を選べない程、追い込まれて行った事は、容易に察しがつく。それもこれも、愛する妻への想いから出たものだ。自分の身に置き換えた時、誰が田所部長を責められるだろうか？

そこまで考えが及んだ由希は、田所部長を殺害した犯人が、無性に許せなかった。何んとしても捕まえて、謝罪させたかった。奥さまと故人の墓前に。

由希が箸を置いたきり、独り物想いに耽っている様子を、じっと見守っていた百合江ちゃんと母親が、遂に声を掛けて来た。

「片倉さん、あまり思い詰めると体に毒よ。お気持ちはお察しするけど」

「そうですよ。片倉さん。でもそこが、片倉さんのいいとこなんですけどね」

二人の言葉に由希は、ちょっと微笑んで見せた。それからおもむろに立ち上がると、

「今夜は本当に遅くまで申し訳ありません。折角なんですけど、今夜はこれ以上食も進みそうにないので、片付けてよろしいですか?」

お母さまが返事の代わりに、二、三度大きく頷いた。由希は後片付けをし、止められたが、食器も洗うと暇を告げた。今夜の訪問は白木家にとっても、重いものとして残った事だろうと思い、由希はまたも胸が痛んだ。

家に着いてお風呂に湯を張り、夕刊にざっと目を通していると、珍しく家の電話が鳴った。出ると浜崎からである。

「片倉さん、携帯の電源切りましたでしょ? 急用の時は困るので、いつも入れといて下さいとお願いしたはずですが」

「あー、ごめんなさい。ちょっと野暮用でね、仕事の用を入れたくなかったものだから。それで、どうしたの? こんな時間に」

「え? うーん、でも野暮用の方が気になりますね。片倉さんが今までそんな言葉を使う

のを、聞いた事がないんで」

「そんな、野暮用は読んで字の如し、野暮な用だから、いちいち他人に説明する程のものじゃあないでしょ」

「あくまで秘密という事ですか？　まあ、いいでしょ。本人が隠したいんであれば、敢えてこれ以上は追及しません」

「浜崎君、変よ。何をそんなにこだわってるの？　いつもの浜崎君らしくないわ。で、本題は何？」

由希は、明らかに今までとは微妙に違う浜崎の対応に、感じる所がなかった訳ではないが、今はそれ以上発展させたくないという気持ちが、ブレーキをかけさせた。

「いいでしょう。本日の用件はですね、田所部長の事なんですが」

「あっ、お金が何故必要だったかが、判ったんでしょ？　私も判ったけどね」

「どこの伝？　沢木さん？　えっ？　国立のお友達？」

「そう。今日帰りに国立のお友達の家に寄ったら、田所部長のお宅の三軒隣に、住んでいらっしゃる方がいらして、詳しく事情は伺ったわ。それでね、私としては何んとしても、犯人を捜し出して、田所部長の奥さまと、田所部長の墓前に謝罪させなきゃあ、気が済まないのよね」

恐縮ですが
切手を貼っ
てお出しく
ださい

112-0004

東京都文京区
後楽2−23−12
(株) 文芸社
ご愛読者カード係行

書　名			
お買上 書店名	都道 府県　　市区 郡　　書店		
ふりがな お名前		明治 大正 昭和　年生	
ふりがな ご住所	□□□-□□□□		性別 男・女
お電話 番　号	(ブックサービスの際、必要)	ご職業	

お買い求めの動機
1. 書店店頭で見て　2. 当社の目録を見て　3. 人にすすめられて
4. 新聞広告、雑誌記事、書評を見て(新聞、雑誌名

上の質問に1.と答えられた方の直接的な動機
1. タイトルにひかれた　2. 著者　3. 目次　4. カバーデザイン　5. 帯　6. その

ご講読新聞　新聞	ご講読雑誌

芸社の本をお買い求めいただきありがとうございます。
の愛読者カードは今後の小社出版の企画およびイベント等
資料として役立たせていただきます。

書についてのご意見、ご感想をお聞かせ下さい。
内容について

カバー、タイトル、編集について

後、出版する上でとりあげてほしいテーマを挙げて下さい。

近読んでおもしろかった本をお聞かせ下さい。

客様の研究成果やお考えを出版してみたいというお気持ちはありますか。
る　　ない　　内容・テーマ（　　　　　　　　　　　　　　）

ある」場合、弊社の担当者から出版のご案内が必要ですか。
希望する　　希望しない

ご協力ありがとうございました。

ブックサービスのご案内〉
土では、書籍の直接販売を料金着払いの宅急便サービスにて承っております。ご購入
望がございましたら下の欄に書名と冊数をお書きの上ご返送下さい。（送料１回380円）

ご注文書名	冊数	ご注文書名	冊数
	冊		冊
	冊		冊

「片倉さんて、意外とホットな方なんですね。でも、僕も同感です。実は、田所部長の奥さまの事は、社長から聞きまして。社としても、また父個人としても見舞金は、かなり出したつもりだそうですが、焼け石に水だったんでしょうね。実際の治療費を極秘に調べたんですけど、かなりの金額でした」

「それなら私も以前知人から聞いた事があるので、およその見当はつくわ」

「それと、片倉さんが言ってた推理ですけれど、一応社長の方には、了解を取りました。数日中に、社内的にも調査班が発足する運びになると思います。もちろん、僕も入りますがね」

「そう。頑張ってね。警察とどっちが早く捜し出せるか、競争してね。それから私ともね」

「えっ？　片倉さん、一人で何をするつもりですか？　止めて下さいよ。片倉さんは執筆に専念して下さい。それでなくても、遅筆で有名なんですから。いいですか？　くれぐれも妙な気を起こしちゃあ、駄目ですからね」

「分りました。その代わり調査状況を、逐一報告するって、約束して」

「うーん、全部話せるかどうかは。極秘情報というものも、社内的には出ると思うので」

「あ、そう。それじゃあ、私が何を調べようと、あなたは口を挟めないはずよね？　だって、欲しい情報が手に入らないいんじゃあ、推理の仕様もないし、犯人逮捕なんて、絵に描いた餅になっちゃうわよ」

「ですから、それは警察の仕事で、片倉さんは本業に専念する事が、ひいては部長の供養にもなると思いますよ。僕の上司だったんですから」

「ええ、そうね。その手で来た訳ね。今夜はもう遅いし、私も眠いからこの辺で切るわね。お休みなさい」

そういうと由希は、相手の返事を待たず、受話器を置いた。浜崎の言うことは分る。いちいちもっともなので、逆に反発したくもなるのだが、ここ暫くは、由希の出る幕はなさそうだ。今取り掛かっている作品は、由希も乗っているし、今までとはひと味違う作風に、仕上がる予感もしている。本当に、田所部長の供養になるかどうかは、怪しいところだが、自分の本業だから疎かには出来ない。

由希は、お風呂に浸って、頭もスッキリしようと、バスルームに向かった。

六

翌日出社すると杉本沙知子が、留守電に伝言が入っていたと言って、手書きのメモを持って来た。誰かと思って見ると、下林素子からであった。

「昨夜は途中で帰る事になって、ごめんなさいね。久し振りだったのに、ゆっくりお話も出来なくて。今度またゆっくり逢いましょうね。ところで、町内の回覧で回って来たんだけど、田所さんのご主人の通夜が今夜で、告別式が明日の午後四時からになっているけど、列席するでしょ？　お電話下さい。待ってます。下林素子」

杉本沙知子が留守電のメモを、少し手直ししたらしい。下林素子の伝言としては、スッキリとして、分り易い。

（そうか。司法解剖やらで、遅れたんだわ。もちろん、列席するわ）

由希は沙知子に、何時頃の留守電だったか、聞いてみた。八時四十五分という事だった。今は九時を十分程回ったところだから、彼女はきっと、電話の傍で、今か今かと待っている事だろう。

由希は手帳を取り出し、アドレス帳から下林素子のナンバーを拾い、プッシュした。

一回コールしただけで、すぐ、下林素子の声が返って来た。

「片倉さん？　待ってたのよ。伝言聞いてくれたのね？　それで、行くでしょ？　そうよね。今夜も明日の告別式も、近所の真命寺でやるそうよ。ウチに寄ってくれたら、一緒に行きましょ。片倉さんと私しか一応つながりはない訳だから、昨夜のメンバーに声を掛ける訳にも行かないし。うん、そうらしいわ。奥さんはあの通り寝たきりやし、社葬という程ではないらしいんだけど、会社の方でやってくれるみたいよ。受付か何か町内会の方で手伝う事はありませんかって、班長さんが聞いたらしいけど、社員を動員してやりますので、お気持ちだけ頂いておきますって、言われたそうよ。ま、話は今夜会った時にでもまたね。何時に寄れる？　七時頃？　分った。じゃあ、待ってるね」

「今夜の七時、国立、下林邸」

由希は、手帳のスケジュール欄に書き込んだ。今日は早めに仕事を切り上げねばならない。由希は時間を惜しむように、机の上に原稿用紙を広げた。

ノックの音で、由希は我に返った。随分集中していたらしい。お昼の時間になっている。ドアの外に沙知子が立っていたので、由希はランチの事だと思い、ホットサンドイッチでも買って来てと言おうと、ドアに向かうと、沙知子の横から、沢木が顔を覗かせた。

由希は一瞬、見間違ったかと思ったが、やはり元夫の沢木であった。恐縮したように一礼して下がった沙知子の脇を「よっ！」と片手を上げながら、由希の部屋に入って来た。

由希は沙知子に、二人分のコーヒーを頼むと、自分の椅子以外もう一脚しかない椅子を沢木に指し示し、沢木が腰掛けるのを確認すると、自分も腰掛けた。沢木はタバコとライターを取り出すと、一本口にくわえたが、気がついたように、くわえたタバコを口から外し、

「喫ってもいいかな？」

と許しを乞うてきた。

「ええ、どうぞ」

由希も何気なく切り返したが、婚姻中アレルギー体質になってしまった由希は、ヘビースモーカーの沢木の、この喫煙が何んとも堪え難い事の一つであった。

由希は、自分がここで、咳込まない事を祈った。

由希のそんな思いを知ってか知らずか、沢木はおもむろにタバコを吸うと、ふうっと、ゆっくり煙を吐き出した。それからまた、ゆっくり由希の方に向き直ると、

「今日君を訪ねて来たのは、他でもない、R出版の田所部長殺害の件でなんだが。あっ、失敬。私とした事が。何の連絡もなしに、突然訪ねて来てしまって、仕事の邪魔をしちゃったかな？　普段は絶対こんな事はないんだけど。必ず、アポを取って会うことは、君も知ってるよね？　君だと、つい……」

沢木はそこで、言葉を濁した。その先は言わずとも由希には分る。

「大丈夫よ。謝る程の事じゃあないわ。で、田所部長の件て、どんな事かしら?」

「うん。君も既に小耳に挟んでると思うけど、先日殺されたR出版の、田所部長と僕は接触を持ってた。君がうすうす気づいている通り、例の岩木一味の件でね。その事で、警察に事情も聞かれたよ。こちらとしては、刑事告訴が正式に受理されているのに、一向に動きのない警察に対して、不満も募ってたところだったんで、渡りに船とばかり、ぶちまけてやったよ。もし、奴らの犯行だとすれば、詐欺の立証なんていう、七面倒臭い事をしなくとも、殺人罪の方が手っ取り早いし、刑も重いからね。しかし僕には、どう考えても、奴らの犯行とは思えない。検証して行けば行く程、その可能性が薄れて行くんだ。残念なんだがね」

「あなたは、誰だと思うの?」

「いや、まだ誰という断定は出来ないが、僕にはどうしても、外部の人間の犯行とは思えないんだ。田所さんの奥さんの事は、聞いているかな? そう、聞いたんだね? あの善良な田所さんが、そういう事に手を染めざるを得なかった、余程の理由があると思っていたが、正に背に腹は替えられない事情があっての事だったんだよ。だが僕は実際、彼と接触してみて、こちらの情報も提供したが、彼がボスで誰か手下がいるというよりは、無論、使いっ走りはいるだろうけど、彼はむしろつなぎ屋のような気がしたんだ」

「つなぎ屋？　仲介業者のようなもの？」

「そうだ。彼に決定権があるようには、見えなかった。誰かの指示を仰いでいる感じとでも言うのかな？　いや、この見当は外れてないと思う」

「という事は、あなたは内部犯行説なのね？」

「そうだな。あの状況から見ても、そうとしか思えないね」

「その意見は私と完全に一致するわ。私も内部の者の犯行で、しかもそれは、取締役以上の者による仕業だと思ってるわ」

「ほう。君もなかなかやるね。幹部通用門の事は、誰かから聞いたのかい？」

「ええ、私の担当の浜崎君からね」

「ああ、彼か。僕も岩木の顔の確認のために一度呼び出された事があるよ。最後の情報提供者が、僕だと言う事も、内容も調べ挙げてたっけな。まだ、二十代後半らしいが、なかなか見込みのありそうな青年だったよ。何んでも噂だが、彼は社長の息子だって話だけどね。無論、本妻さんのじゃあないけどね」

彼が、こういう噂話を口にするのは珍しい。どういう心境の変化だろうか？　何か窮している事でも、あるのだろうか？　由希は、沢木の胸中を計りあぐねた。

「田所部長の死によって、あなたの情報はマスコミにリークされなかったの？」

「いや、岩木らが、ウチとは別に訴えられていた裁判の判決が出て、それをある新聞社が取り上げてくれた。地域版だけどね、載った事があったんだ。それをあるブン屋が嗅ぎつけて、僕の所まで来たんで、情報提供はしといたよ」

まだ、マスコミには大々的に流れてないらしい。由希には、沢木がこんな事を言いに、わざわざ訪ねて来たとは思えないので、単刀直入に聞いてみた。

「ところで、あなたが今日訪ねてみえた、本当の理由は何かしら？　なかなか切り出さない所を見ると、結構、厄介な事なの？」

「やっぱり見抜かれてるな。こんな話、やたら滅多な所で出来ないし、君なら口が堅いし、頭の回転もいいからね。助言してもらえるものがあれば、参考にしたいと思ってね」

「そんなお世辞は止して。大事なお話みたいなんで、私もしっかり聞きますけれど。ちょっと待っててね。コーヒーがなかなか来ないわね」

そういうと由希は、沢木を残して事務所に行った。杉本沙知子は一心不乱に、ワープロを打っていた。由希が来たことも気付かないらしい。由希は自分でコーヒーメーカーにコーヒーの粉をセットし、水を入れた。その音で、杉本沙知子が気づき、振り向いた。

顔に（しまった）と書いてある。由希は、頷きながら手で制し、作業を続けるように、身振りで示した。杉本沙知子は、頭をピョコンと下げると元の動作に戻り、ワープロに集中して行った。何かに打ち込もうとしている姿が、痛々しい。でも、これを越えたら、一回り大きくなった沙知子に会えるだろう。

そうこうしているうちに、プクプクと最後の一滴を絞り出す音が、聞こえた。

由希は、出来上がったコーヒーを、それぞれ三つのカップに注ぎ、沙知子の机の上に一つ置くと、二客のカップ&ソーサーの載ったお盆を持ち、自室へ向かった。

コーヒーを、一口、二口すすりながら、向かい合って座っていると、奇妙な感じすらあった。ほんの半年前までは、夫婦だったのだ。由希が事務所を開いてから、訪ねて来たのは、初めてである。それだけでも、大事な話に違いないと思うのだが、田所部長殺害事件の件で訪ねて来たと言っていたが、まだ何か言い残した事があるのだろうか?

沢木は、また一本タバコを取り出すと、由希の方に、ちらと目で許しを乞うと、おもむろに火をつけ、ゆっくりと吐き出した。

「どう切り出したらいいものかな。今から僕が話す事は、すべて推測だと言うことを、肝に銘じて聞いて欲しいんだ。先ず、僕が最後の情報提供者という事になっているらしいんだが、さっきの浜崎という青年も、警察の事情聴取でもそう言われたんだが、僕が話を持ってったのは、もう三カ月も前のことだよ。この間、一件の情報提供もなかったとは、とても考えにくいんだ。かの浜崎青年だって、気づいているはずだ。その前の情報提供の周期が、データで上がってるはずだからね。しかし、実際のところは推測になってしまうんだが、僕は敢えて、本当は一件もなかったんじゃあないかと思うね」

そこまで話すと沢木は、また一本タバコを取り出し、火を付け深々と吸うと、ゆっくり吐き出した。

由希は、ピンと来るものがあったが、ここで茶々を入れるべきかを思いあぐねていた。が、沢木がなかなか口を開かないので、思い切って口を挟む事にした。

「あなたは、田所部長とそのボスとの間で、トラブってていたと思ってるんじゃゃなくて？というより、田所部長が逆らっていた。実際には情報が持ち込まれていたにも拘らず、田所部長が握り潰していた。何故か？　田所部長は、この稼業から足を洗いたかったんじゃあないかしら？　奥さまの治療費を捻出出来なくなっても、辞めたいと思う程の、余程の良心の呵責を覚えるような、もっとあくどい何かに、手を染めていたのかしら？」

由希は話しながら、新たな疑問が浮かんでは消えた、今度の事件は、思っていたより奥が深いのでは、と思い始めていた。

由希が口を挟んでいる間、ずっと黙って聞いていた沢木は、やっと重い口を開いた。

「やはり、君は冴えてるな。伊達にフィクションを書いている訳じゃあないんだな。まあ二人の意見が一致した所で、しょせん、憶測に変わりはないけどね……」

沢木は、まだ何かを言い渋っているようだった。それとも何かためらいがあるのだろうか？　由希は、先を続ける事にした。

「私は、こうも推理しているんだけど。田所部長は、実質的なボスを、ゆすったんじゃあないかと。それは、さっき言ったように、もうこの仕事を辞めたいと思っていた事と、それには、奥さまの治療費を、まとめて捻出する方法を講じる必要があった。そこで、最後の大きな賭けに挑んで、殺されてしまった」

沢木は、天井に向け、ゆっくりと煙を吐き出すと、由希の方に向き直った。

「読み筋は、ほとんど僕と一緒だと言っていいな。問題は、田所さんが足を洗いたがっていた、あくどい事とは何か？　そして彼のボスは一体誰だったのか？　これは即ち、犯人は誰なのか、という事にもつながるけどね」

由希は、思い切って尋ねてみた。

「その件で、あなたには何か思い当たる節が、あるんじゃあなくて？　だから、今日私を訪ねて来たんでしょ？」

沢木は、ちょっと驚いたように目を見開き、それからまた、考え込むような目つきになった。明らかに、言うべきかどうか、決心がつきかねているようである。

「あなたが、それ程迷うという事は、余程の悪業なのか、それともボスがあっと驚く人物なのか、或いは、まだ推理中で結論が出ていない、の三つのうちのどれか、ね？」

「どれかじゃあなくて、全部当て嵌ると言えるな。実際、他人に話すには、ちょっと早過ぎたかな？　という気もしている。いくら君とはいえ、やはり軽々しく話す事じゃあないな。もっとしっかり裏を取ってからじゃあないと、名誉棄損どころじゃあ、済まないだろうな。ただ、君もこの件には、大分関心があるみたいだから、ヒントを一つ出しておこう。R出版の取締役以上は十人という事は、知っているよね。僕は犯人は、間違いなくこの中にいる、と思っているし、それはぺーぺーの取締役ではなくて、かなりのポジションにいる、君が言ったように、あっと驚く人物だと言える。ただ、まだ悪業のすべての裏を、取った訳じゃあないから、断言は出来ん。それと僕が一番悩んでいるのが、動機だな」

「犯行の動機じゃあなくて、悪業に手を染めた動機という事ね？」

「ああ、そこが僕自身納得出来ないと、立証出来ないな。事実、僕自身にとっても、今度の事件の一番の謎でもあるしね。田所さん殺害の動機は、君の推理通りで、ほぼ間違いないと思うんだ」

由希にも、漠然とではあるが、沢木の気持ちが分かるような気がする。それは由希自身、とんでもない人物を、疑い始めていたからである。でも何故、そんな事をする必要が彼にあるのだろうか？　と正に動機が分らないので、推理が頓挫してしまうのだ。だが、沢木はもう一歩進んで、悪事の事も調べているようだから、断定出来る日も、そう遠くはないように思える。

「いやあ、何だか尻切れとんぼで、恰好がつかんな。君の大切な執筆の時間の、邪魔をしたというのに」

「そんな事はないわ。大きな方向性が掴めて、大収穫よ。訪ねて来てくれて、嬉しかったわ」

由希は、握手を求めて、右手を差し出した。沢木は、へえー？　という表情になったが、悪びれもせず手を握り返して来た。

「君と握手する仲になろうとは、思わなかったけどね」

沢木が帰ると由希は、遅れを取り戻そうと執筆に専念した。今夜は、田所部長の通夜があるので、五時にはオフィスを出なくてはならない。由希は、せきたてられるように、ペンを走らせた。

七

国立へ向かう車中で由希は、自分が疑い始めている人物は、沢木の追う人物と、きっと一致しているに違いないという確信を、何故か持ち始めていた。それは、例によって由希の、直感による所が大きいのだが、外れてないような気がするのだ。

(何故、杉浦社長は内密に、自分の息子である浜崎君に、調査を頼んだんだろう? 社長自身、何か勘づいたからではないだろうか?)

由希が、ある人物を疑い始めたのは、ここに端を発していた。しかし、動機を探るにはお家の事情を調べる必要がある。気は重いがしかし、きっと、ここに動機が隠されているに違いないとも、思っていた。

由希が、下林素子の家に着いた時は、六時四十分を少し回っていた。

既に喪服に着替えて、用意していた素子は、待ち兼ねたように、ドアチャイムの音と共に、玄関で靴を履いて、立っていた。

「ごめんなさい。遅れてしまったかしら?」

「ううん、七時より二十分も前よ。私と違って働いているんですもの。真命寺までは、歩いても五分とは掛からないから、大丈夫よ」

由希は車を、下林家のガレージに置いて、歩いて行く事にした。道中、ご近所の人たちらしく、喪服姿の人に何人も会った。素子は、その人たちの中の知人に、挨拶しながら歩いていた。由希も隣で一緒にお辞儀を返しながら、歩いて行った。

「ところで、今夜の通夜もそうだけど、明日の告別式でも、誰が喪主を務めるのかしら？どなたか身内の方が、いらっしゃるの？」

由希の問いに、

「何んでも、田所さんは次男らしいんだけど、ご長男は既に他界してらして、弟さんが喪主をなさるそうよ。一番上にお姉さまがいらっしゃるそうだけど」

と素子。

「そう」

由希は、何んともやり切れないような、淋しい気分になった。病院のベッドに横たわる、哀れな奥さまの姿が浮かんだ。これから、あの奥さまの治療費は、一体どうなるのだろう？田所部長は、生命保険に入っていただろうから、それで賄うのだろうか？　だが、殺人事件となると、ある程度、捜査の進展状況を見ないと、おいそれとは下りないだろうし。

互いに考え事をしながら歩いている内に、真命寺に着いた。

受付を済ませると、由希と素子は、参列の中に加わり進んで行った。由希が周りを見回すと、浜崎の姿が目に入った。腕章をつけて他の社員らに何やら指示を、与えていた。今夜の通夜を、取り仕切っているのだろう。由希の視線に気づいたらしく、目で挨拶して来た。由希も同じように目礼し、声は出さずに「頑張って」と、口だけ動かした。顔見知りの者はいなかったが、明らかに刑事と思える目つきと風貌の男たちが、二人一組といった形で、所々に立っていた。

隣で歩いている素子は、結構知り合いがいるらしく、しょっ中立ち止まっては、立ち話をしている。

いよいよ由希たちの焼香の番になった。由希は、黙礼し焼香を済ませると、遺影を見つめ、それから親族の方に挨拶をした。どの顔にも、戸惑いと疲労の色が、ありありと浮かんでいた。やはり、若くして亡くなるという事は、残された者にも、それ相応の苦しみが伴うものだ。ましてや、あんな哀れな奥さまを残して、殺されてしまったのだから、遺族の胸中も、さぞかし複雑だろう。

由希たちが焼香を済ませ、帰途に就こうとした頃、黒塗りのベンツが、静かに入って来た。停まった車の中から、杉浦社長と息子で専務の杉浦慎一が降りて来た。由希は、内心ドキリとした。二人とも神妙な顔つきで、焼香をする方向へ歩いて行った。由希は取り分け、杉浦専務の表情と仕草を注意深く見守ったが、表面上からは、内心の動揺を見て取る事は出来なかった。

何を隠そう。由希が疑い始めている人物とは、社長の息子であり、専務取締役でもある杉浦慎一であった。ある意味では、飛躍した推理と言えるかも知れないが、由希には、逆に、こんな事をし得るのは、彼しかいないと思えるのだ。今は勘だけだが、いずれ必ず、しっぽを掴んでみせる。浜崎君には申し訳ないが、これだけは譲れない。

それにしても、今まじまじと近くで、杉浦親子を見比べてみると、つくづく似ていないと思う。上背があり、スラリとした体型の杉浦社長に対し、専務の方は、百七十センチ止まりの、ずんぐりむっくりといった感じである。色白で、あっさりした顔立ちの社長に対し、専務は色黒で、目鼻立ちが一つ一つ大きく、あくの強い顔立ちと言える。それに比べて浜崎淳一は、造作を一回りずつ大きくしただけで、父親とそっくりである。二人並んだら、一目で親子と見分けがつくだろう。

知り合いの女性と話し込んでいた素子が、小走りに由希の所へ駆け寄ると、

「今ね、ご近所の奥さんと話してたんだけど、町内会で通夜にいらした方たちの、接待というか、要は給仕なんだけどね。それを交替でやろうと言うことになったの。私は早い方がいいって言ったら、今から一時間半位らしいの。片倉さん、どうする?」

アクセントが、完全に京都訛になっている。

「私も一緒にお手伝いしようかしら？　エプロンも用意して来てるし」

由希は、手伝いをする中で、何か手懸かりが掴めれば、と思ったのだ。

寺の中は意外と広く、台所の隣の部屋が、畳敷きの大広間になっており、優に五十畳はありそうだった。これでは、人手が要るはずだ。由希たちが着いた時には、既に二十人位の客たちがいて、酒盛りが始まっていた。皆一様にしんみりした感じで、言葉数も少なかった。

由希は、台所と大広間をお盆を持って行き来しながら、この二十人の内半分は、田所部長と奥さまの親族で、残り半分は、会社の同僚という事が分った。

由希が何度目かの往来の時、テーブルの端に座っていた会社の同僚とおぼしき二人が、ひそひそ声でしきりに話し込んでいたのが、気になった。ところが、次に行った時には、この二人の姿はなかった。

由希はちょっと気になって、まだそう遠くへは行っていないだろうと思い、外に出てみた。

境内の裏手の方から、声がするので、そっと近づいてみると、今度は、激しく言い争うのが、聞こえた。

「何を根拠に、そんなとんでもない事を言い出すんだ？　塚本、いいか。いくら同期で親友だからと言っても、言っていい事と悪い事があるぞ」

「そりゃあ、お前は専務に近い秘書室勤務だから、かばいたい気持ちは分るが、俺は事実を言ってるんだ。田所部長直属の部下だったんだからな」

「塚本、お前がそこまで言うんなら、証拠を挙げてみろ。そしたら、受けて立ってやるよ」

そう言い捨てると、片方の男性の方が踵を返し、立ち去った。相手のことを、塚本と呼んでいた男だ。残ったのは、塚本ということになる。その男は、興奮を鎮めようとしたのか、ポケットからタバコを取り出すと、落ち着かない様子で火を付けた。一服吸ったところで、携帯の呼び出し音が鳴った。由希は、反射的に、ポケットをまさぐった。バッグは置いて来ていたので、鳴るはずがなかった。

塚本と呼ばれていた男は、姿勢を正しながら「はい、はい」とだけ応答し、最後に「分かりました。すぐに伺います」と言って携帯を切ると、意を決したような面持ちで小走りに立ち去った。

由希は、ふーっとひとつ息を吐き、茂みの中から出た。今の二人のやり取りの、最初の一番肝心な事を聞きたかった。だが、少なくとも、田所部長の直属の部下だった男が、専務の事を何やら言っていた事だけは、確かだ。それだけでも由希には、自分の推理に確信が持てる気がして、大収穫だった。

台所に戻ろうと、大広間の前を通り過ぎる時、大広間から出て来た浜崎と、ばったり会った。突然だったので、ぶつかり由希はちょっとよろめいた。すぐに浜崎が、背中に手を回して、支えてくれた。

由希は小さく「有難とう」と礼を言い、すぐ離れた。こんな身近に浜崎に接し、どぎまぎした自分にも、腹が立った。七つも年下の、今までは何とも思わなかった浜崎が、何故、急にこんなに気になり出したのか、由希自身、訳が分らず、どう対処するべきか、混乱しているのだ。

そんな由希の胸中を察したかのように、浜崎は小さくクスリと笑い、「お手伝いご苦労さま。頑張って下さい」と言うと振り返りもせず、玄関のほうへ歩いていった。

由希はその後ろ姿を見送りながら、自分は彼の兄を暴こうとしているのだ、と改めて思い、気が引ける想いがした。

その後は、由希にとって、これという収穫はなかった。

九時少し過ぎに、帰路に就いた由希と素子は、寺の脇の砂利道を、じゃりじゃり音を立てながら歩いた。来る時は、人が多かったせいか余り気にならなかった音も、この時間に二人だけだと、妙に響いた。さっきからそわそわしていた素子だったが、その理由が分った。とんでもない情報を、小耳に挟んでいたのだ。

「片倉さん、私すごい事を、聞いてしまったのよ。さっきから早く話したくて、むずむずしてたんだけど、驚かないでよ。私は、びっくり仰天したんだけどね。田所さんの弟さんとお姉さんが、ひそひそ話してるのを、立ち聞きしちゃったのよ」

「何んて言ってたの？」

由希は先を促すように、聞いてみた。素子の前置きの長さは、経験済みなので、早く核心に迫る必要があった。

「それがね、田所さんの司法解剖の結果、死因は絞殺による窒息死というのは、間違いないんだけど、その他に薬物反応が出たらしいの」

「薬物反応？　その前に薬か毒でも飲まされたと言うの？」

「そうじゃあなくて覚醒剤よ。常習の疑いがあるらしいわ」

「えーっ？　覚醒剤？」

由希は、絶句してしまった。そんな事は露ほども、考えていなかった。由希の頭も心も、ずしりと重くなった。

八

ぐったりと疲れ果てて、深い眠りの底に引き込まれていった由希だが、翌朝はすっきりと目覚めた。もちろん、目覚まし時計の助けは借りたが、ぐずつく事はなかった。カーテンを引くと、快晴だった。由希は大きく伸びをし、習慣的にテレビをつけた。

見た事のあるビルが、大きく映し出された。R出版のビルである。田所部長の殺害の件で、何か進展があったのかと思い、画面に見入った。これまた、見た事のある顔写真が映し出された。由希は「あっ」と小さく叫んだ。昨夜、境内の裏手で塚本と呼ばれていた男だ。塚本真也、二十八歳と出ている。浜崎と大体同年代である。テレビの報道では、田所部長と同じ絞殺である事から、田所部長殺害の件との関連を捜査中であると伝えていた。死亡推定時刻は、十時から十時半だという。携帯に連絡が入ったのが、八時半頃だったから、あれから真っ直ぐ、R出版へ行ったとしても、一時間ちょっと掛かる。時間的には合う計算だ。

（それから何らかの言い争いになったか、あるいはまた、最初から消されるために、呼びつけられたのか）

いずれにしても、彼、塚本真也が犯人にとっては、目障りだったのか、それとも脅威だったのだろうか？　大事な点は、彼が田所部長の直属の部下で、専務の何かをほのめかして言い争った直後に、呼び出され、殺されてしまったという事だ。

（あの同期で親友と言っていた彼、彼はこの件に関わっていないのだろうか？）

由希は、この「彼」が誰なのか、突き止める必要がある思った。浜崎に聞けば分るはずだ。時計を見ると六時四十分である。まだ、起きているとは思えないので、オフィスに着いてから連絡する事にし、出掛ける仕度にかかった。

昼休み、由希は浜崎と待ち合わせをした。由希のオフィスが虎ノ門にあるのに対し、R出版は新橋の駅近くで、目と鼻の先だ。由希は銀座の並木通り沿いにある、小ぢんまりとしたイタリアンレストランを指定した。

店名を言うと浜崎がすぐ、その店なら二、三度行った事があるので、分りますと言ったのには、ちょっと驚いた。

由希は沙知子に、二時間ほど出掛けて来るから、何かあったら携帯を鳴らすように、とだけ伝言した。浜崎と会うという事は言わなかった。

先に店に着いた由希は、予約の旨を伝えて、席に通された。奥の窓際の席だったので、ほっとした。余り他人に聞かれたくない話なので丁度よい席である。

約束の時間より十分程遅れて、浜崎がやって来た。

「昨夜はご苦労さまでした。色々とお忙しいところ、呼び出してごめんなさい」

「いえいえ、結構ですよ。片倉社長のお誘いとあらば、火の中、水の中。あっ、ごめん。まんざら冗談でもないんだけど。またあ、そんな風に固まらないで下さいよ。冗談、冗談。それはそうと昨夜は、ご苦労さまでした。今日はお疲れでしょう？」

「黙って聞いていれば、さっきから何呑気な事を、べらべら喋ってるの？　それどころじゃあないでしょ？　お宅の会社……」

「おっと、その話題ですか？　そりゃあもう、大変なんてもんじゃあないですよ。会社発足以来の危機ですから」

「現場検証は終わったの？」

「一応は。さっき帰りました。また来るでしょうけど」

「やはり、連続殺人という事で、捜査してるんでしょうね？　同一犯という線で」

「僕は警察じゃあないので、詳しい事は分りませんが、そうでしょうね」

「今度の塚本信也さん殺害の件で、浜崎君に聞いてもらいたい事があるんだけど」

「何ですか？　遠慮なく言って下さい」

「実は昨夜、通夜のお手伝いをしていた時に、殺された塚本さんともう一人の同期で、親友だと言ってたけど……」

「三沢浩司でしょう。僕も同期ですけどね。一応」

「ああ、三沢さんて言うのね。彼らが言い争っているのを、偶然聞いちゃったのよ」

「偶然ね。まあ、いいでしょ。で、何を聞いたんです？」

「それが、気を悪くしないで聞いてね。最初の方は聞き洩らしたんだけど、田所部長殺害の件で、塚本さんは何かを掴んでいるような口振りだったわ」

「でも、何故、二人が口論するんです？」

「それは、三沢さんは専務に近い秘書室勤務で、塚本さんは亡くなった田所部長の直属の部下だったそうで、三沢さんの方が、『何を根拠に、そんなとんでもない事を言い出すんだ？』って怒ってるところから聞いたんだけど。そしたら塚本さんが『お前は専務に近い秘書室勤務だから、かばいたい気は分るが、俺は事実を言ってるんだ』って。ところが、肝心なその事実は、聞き洩らしてしまったから、どうしようもないんだけど。でも、この会話から、専務に関する事じゃあないかと推測出来ない？」

浜崎は、考え込むような目つきで、黙りこくっている。

「気を悪くしたとは思うけど、この後、三沢って人が『お前がそこまで言うんなら、証拠を挙げてみろ』って。『そしたら受けて立ってやる』って言って、怒って帰ったの。そのすぐ後に、塚本さんの携帯が鳴って、彼、姿勢を正すようにして、かしこまって電話を受けてたようだったけど、『すぐ行きます』って返事して、お寺を出てったわ。それが八時半頃だったから、あれから真っ直ぐ、会社に帰った事は想像出来るわよね。十時前に着いたとして、死亡推定時刻の十時から十時半に符合しない?」

由希の話が終わってからも、しばらく押し黙っていた浜崎だが、

「片倉社長の今日の話は、殺された塚本と言い争ってた相手が、誰なのかと言う事と、どうも兄貴、いや専務の事で言い合いをしていた、という事を僕に伝えたかったんですね?」

それだけじゃあないわ。本当はあなたの、と言うべきか、本宅の家庭事情をそれとなく聞き出したいのが、今日の一番の目的だったのだ。が、口には出さずとも、専務の件で随分ショックを受けている事は、見て取れたので、今日のところは、これ以上の追及は止めようと思った。

それでなくても、この後四時から、田所部長の告別式がある。また、取り仕切らねばならないだろうし。

「そういう事。ごめんなさいね。告別式の前に呼び出して話すような事でもなかったかもね。今日もまた、大変なんでしょ? 私は、告別式の出席は、見合わせてもらいます。お宅の原稿が遅れたんじゃあ、供養にならないもの。出棺の時刻を教えてくださったら、事務所で手を合わせて、お見送りさせて頂くわ」

「出棺は五時の予定です。多少のズレはあるでしょうけどね」

それから二人は食べることに専念した。食べながら、ちらっと浜崎を盗み見ると、やはり心なしか憂鬱そうな暗い目をしている。

それはそうだろう。由希の推理が外れている事が、一番の救いだが、当たっていたら会社の一員としても大変な事だし、さらには身内となると、父親の事を想うだけでも心が痛むだろう。ましてや彼は、その調査を進めている中心人物なのだから。

由希も、どっと気が重くなって来た。

(私の推理なんて、ほとんど勘から来ているんだから、外れているに決まってるわ。その方が、私もハッピーだわ！)

由希は自分が、本当はそうあって欲しいと願っている事に、気づいていた。

支払いを済ませて出て来ると、浜崎はちょっと言い淀んでいたが、きっぱりと言った。

「来週の日曜日、何か予定がありますか？」

由希は最初、意味が呑み込めず、怪訝な顔で浜崎を見つめ返した。が、意味が分ると、内心どぎまぎして、

「日曜は大事な休日だから、いつも、ゆっくり朝寝坊して、お掃除を隅々までやって、お洗濯にアイロン掛けと、家事をまとめてするから、結構、いつも忙しいわね」

「その、いつもの予定以外は、入っていますか？　人に会うとか、映画を観るとか」

明らかに、呆れたような響きがあった。

「それはいつも、その予定がすべて終わった時点で、ショッピングに行くとか、人と会って食事をするとか決めるから、今のところは何も決まってないわ」

「じゃあ、その予定の中に、僕と会う事を入れといてもらえませんか？」

「日曜日に？　今日も会ってるし、いつでも会えるじゃない？　何故、わざわざ大事な休日に？」

「仕事じゃあなくて、プライベートで休日に会いたいんです。これはデートの申し込みです」

「何故私を？　誘う相手を間違えてるんじゃない？　それとも事件の事で、本当は何か内密に話があるのかしら？」

「由希さん、この人通りの中で、その口を塞がれたいんですか？　イエスかノーとだけ言って下さい。ノーだったら、今日のところは引き下がりますから」

「分らないわ。イエスでもいいような気がするし、ノーと言った方がいいような気もするし。突然だし、何故、私を誘うのか、訳が分らなくて」

「分りました。じゃあ来週の日曜の朝、十時に迎えに行きます。晴れたら海を見に行きましょう。雨だったら、映画でも観て、食事をするというのはどうです？」

それじゃあ、まるで恋人同士のデートじゃない？　と内心で思ったが、

「いいわ」

由希は、つられたように答えてしまった。

「たまには、素直になった方が、可愛いいですよ。じゃあ、来週の日曜日に」

そう言うなり、背を向けてさっさと歩いて行ってしまった。取り残された由希は、浜崎の後ろ姿を見ながら、何故？　を自問自答していた。

事務所に戻り、杉本沙知子の顔を見た途端、自分のした事の重大さに、改めて気づき、後ろめたい気分になった。今すぐ浜崎に電話して断わるべきだという思いと、でもそれも何故？　という思いで、由希はパニックに陥りそうであった。こんな事、今の小学生なら簡単に処理するだろう。大の大人が、何をあわてふためいているのだろう？

由希は、自分に嫌気がさし、もうこの件は考えずに、流れに身を任せる事にした。踏ん切りをつけた由希は、それから原稿書きに没頭した。

それからの一週間は、身近で殺人事件などなかったかのように、とりとめもなく過ぎた。

ただ、週明けの月曜に、塚本と口論していた三沢浩司が、警察に出向き、由希が目撃した境内での出来事を、話したらしいという知らせを浜崎から受けた。やはり、後味の悪さ

というか、何か自責の念があったのだろうか？　となると当然警察は、塚本が言っていた内容を知るところとなる。杉浦専務への容疑が一気に強まるのだろうか？

この報せを受けた時、由希は事件の推理に思いを馳せたが、本業の締め切りが迫っていたので、それ以上事件にかまけている訳にはいかなかった。

いよいよ一週間も終わりを告げ、明日は浜崎との約束の日である。由希は、意識すまいと思いつつも、どうしても明日の事を考えてしまう自分に、少し苛立っていた。

今日は土曜日だが、由希はいつも通り出社していた。杉本沙知子には隔週で休みを取らせ、由希は毎週土曜日まで出て、執筆するようにしていた。多分、ほとんどの作家が、自宅を仕事場にしているのに反し、由希が事務所に出向いて書くことにしているのは、家にいると掃除やら雑多な家事全般が気になり、ついやりたくなるという、自分の性格を見越しての事だった。見てしまうと、どうしても完璧を求めてしまうので、いっそ家を出てしまえば見ずに済むので、気を揉んでも仕方ないと、諦めもつくというものだ。

由希は、自分で今日の分のノルマを決め、時間内にクリアすべく、原稿用紙に向かっていた。

十時から仕事にかかったのだが、空腹を覚え時計を見ると、午後の一時を少し回っていた。由希はサンドイッチでも買って、昼を簡単に済ませる事にした。

近くのパン屋に出掛けるため、事務所のキーをロックしようとした時、中で電話が鳴り出した。由希はロックをオープンにし、事務所に入った。受話器を取ると、珍しく沢木からであった。

「あっ、やっぱり事務所にいたんだね。今、実は、自宅のマンションの方にTELしたんだけど、出なかったもんで、もしやと思って電話したんだ。仕事中だったかな?」

「ええ、してたんですが、今、サンドイッチでも買いに出るところでした」

「ああ、昼だったね。今からそっちに寄ってもいいかな? ちょっと分かった事があって、君に聞いてもらおうと思ってね。僕も昼はまだだから、サンドイッチでいいよ。二十分位で着けるけど」

「いいわ、私もそれまでに戻ってます」

そう言うと、互いに電話を切った。

由希は急いで、すぐ近くのパン屋さんで、サンドイッチと牛乳、それからパック入りのサラダを買って戻って来た。コーヒーメーカーに、コーヒーの粉をセットし、水を入れた。買って来たサンドイッチをパックから出し、皿に並べ替えた。牛乳はコップに注ぎ、サラダはパックのフタを取り、応接セットのテーブルに並べて、ランチの準備は完了した。そういう間にも、コーヒーの香りが部屋中に漂い始めた。

沢木は、二十分きっかりに事務所に到着した。由希は心の中で舌を巻いた。彼のこの正確さは、どこから来るのだろう？　逆立ちしても真似できなかった点だ。

二人は向き合って座り、目の前に並べられたものを食べた。途中由希がそれぞれのカップにコーヒーを注いだ。簡単なランチはものの十分で済んだ。

それぞれ二杯目のコーヒーに口をつけた時、沢木がおもむろに口を開いた。

「先日の話の続きなんだが、重要な情報を入手したんだ。これはかなり確かな筋だから間違いないと思う。そうなると、僕の睨んだ通りなんだけど、あ、きっと君も同じ推理をしていると思うけど。ちょっと驚きだったがね、この犯罪の大きさには」

「そう？　私のちっぽけな頭で考えられる事と言ったら、先ずは横領、これはギャンブルの穴か、株投資損の穴埋めか、その額が段々膨らんで、経理の目をごまかせない所まで来た。他の手立てを考えたのが、とんでもない犯罪だった。銃の密売は余りにも行き過ぎてるし覚醒剤の密売にでも手を染めたのかな、と推測してたんだけど」

「ひゅー、恐れ入ったね。君も独自のルートで調べたのかい？　まったくの推理？　本当かい？　こちとらここ一週間ばかり、血眼になって調べ上げた事を、こともなげに、立て板に水の如く、すらすら喋られたんじゃあ、立つ瀬がないよな」

「まあ、あなたらしくもない。まるでひがんでいるように聞こえるわ。で、本当のところはどうなの？」

「アラ筋は、君の読み通りだ。ただ、細かい点では、もっとおどろおどろしいというか、こうも見事に転落して行く人生もあるのかと、哀しいものがあるね。いいとこの坊っちゃんだけにね」

「という事は、杉浦専務で、間違いないのね？」

由希は何故か、声をひそめた。やはり、口に出してみるのはちょっと憚《はばか》られた。

「間違いないね、悲しい事に。父親の社長にしても、腹違いの弟の彼、何んて言ったっけ？浜崎だっけ？　大変な十字架を背負う事になるだろうな」

それから沢木に聞いた話は、由希の想像より遥かに悪かった。いや、悪過ぎる。専務にはいくらかの同情をしたとしても、ワル過ぎた。

沢木は、杉浦家のお家事情も調べ上げていた。この辺は彼の人脈の広さ、深さであろう。興信所も真っ青の調査ぶりである。

杉浦専務こと杉浦慎一は杉浦淳也社長と美津子夫人の長男として生まれる。体の余り丈夫でなかった美津子夫人は、この後の子を流産し、結局、杉浦慎一は一人っ子として、特に母に溺愛されて、育つ事になる。婿養子に入った父親と母親はあまりしっくり行っておらず、特に、杉浦社長が浜崎淳一の母親と、愛人関係になってからは、両親の仲は冷え切っていた。母親っ子だった慎一は母をかばい、父親に憎しみすら覚えるようになって行った。

慎一が二十歳の時、腹違いの弟、浜崎淳一が生まれた。父親が認知した時から慎一の心は、より一層屈折したものになって行く。

父親はこの時から公然と愛人の家に入り浸り、会社へもそこから出社した。当然の事ながら、迎えの車も、淳一の家に出向くので、ある意味では子供の時から、社の幹部らにも認知されていたとも言える
母親は、もともと丈夫じゃない上に、心労が祟り、床に伏せる日が多くなった。既に成人し、社会人になろうとしていた慎一は母親の溺愛だけで、父親とはロクに会話もしたことがなく育ったせいか、どこか精神的な脆さを抱え大人になりきれないでいた。慎一の最大の理解者であり味方である母親が、傍にいない事による不安からか、情緒不安定に陥り、躁と鬱を繰り返すようになる。

大学を卒業すると父の会社に入社する。父の杉浦淳也が創業者であるから、当然周りからは、社長のジュニアという事で次期社長候補と目される。しかし、既に心が屈折していた彼は、仕事に身が入らず、父への反発心もあって、次第に夜の遊びに呆けるようになる。夜な夜な親の金で遊び歩く彼に、ヤクザが目を付けないはずがなかった。彼は恰好のカモにされたのだ。

銀座のバーで、仕組まれていたとも知らずに手を出した女が、ヤクザの女で、半殺しの目に遭うか、賠償金を払うかと選択を迫られた。明らかに嵌られたのだ。

この時は、父親にバレるのが嫌で、母親に泣きついて、金を工面してもらった。

この時から、彼の転落の人生が始まった。

この件がきっかけとなり、今までただただ優しく、疑いもせず、素直に請け合ってくれた母親が、息子の素行に不審を抱き、何かと口うるさくなり始めた。親としては当然なのだが、彼にとっては疎ましく映るようになる。

既にこの時点で、彼にはブレーキが利かなくなっていった節がある。あらゆるギャンブルに興じるようになっていった。麻雀、競輪、競馬、そのどれも強い訳ではなく、負けが重なって借金が嵩んで行った。

極めつけは、マカオのカジノで大負けを喫したが払えず、マカオのマフィアに追われる破目になり、結局は日本の暴力団に助けを乞うはめになった事である。これが、後々彼が悪に嵌って行く大きな引き金となった。

日本中がバブル景気に沸いた時期には、ご多聞に洩れず、株投資にのめり込んだ。景気の良い時には大きく益も出したが、見極めを誤まり、イラクのクエート侵攻から始まった株の大暴落により大損をしてしまう。こんな話は何も彼に限った事ではなく、日本中に溢れていた。

彼は既に専務という地位にあり、この地位を利用し、経理の課長を抱き込んで穴埋めのため、横領を幾度となく繰り返すようになる。しかし、その額が膨らむにつれごまかし切れないと経理課長に泣きつかれると、彼はこの課長を自分の身の保身のため、クビにしている。

その解雇理由は不倫である。専務は、課長が社内の入社二年目の若い女子社員と、不倫関係にある事を相手の親に告げ口し、その親が怒って、会社に怒鳴り込んで来るというシナリオを創って、共犯の部下に指示した。シナリオ通り実行され、〝めでたく〟解雇という段取りになったのだ。

穴埋めの方法に窮した彼は、暴力団からの伝で覚醒剤の密輸販売の片棒を担ぐという犯罪に、遂に手を染めてしまった。この仲介をしたのが、岩木らのグループだった。

ここまで聞いて由希は、初めて口を開いた。

「ここで、やっと岩木らとの接点がみつかった訳ね。あなたとしても、瓢箪から駒の心境でしょ?」

「これで、奴らの逃げ道を塞いだことは確かだ。詐欺で立件、起訴しても、舌先三寸で生きている連中だから、かなり手を焼くだろうと思っていたが、これで奴らの闇の商売の追及が始まるだろうし、そうなれば少なくとも実刑は免れんだろう」

「ところで、クビになった経理課長の件はどう突き止めたの？　解雇の理由からだけじゃあ分らなかったでしょ？」

「蛇の道はヘビとはよく言ったもので、僕が調査を依頼した男の友人が、解雇された経理課長の麻雀仲間で、この男に洩らしていたんだな。もっともクビになったこの経理課長とやらは、まだ四十歳になったばかりの男で、若い女子社員と付き合うために、経理をちょっと、ちょろまかしていたらしいんだ。家のローンはまだ残っているわ、子供の教育費は嵩むわで、月々のお小遣いもままならない男が、若い女性の心を掴もうと思ったら、金が要るのは当然だ。そこを突かれて、仲間に引っ張られたが、解雇によって不倫も清算できたし、横領の件とも手が切れて、却ってほっとしているそうだ。奥さんも許してくれたようだし、新しい仕事も見つかったらしい。本音だろうな。しかし、捜査が進めば、彼も事情聴取に応じなければいけないだろうし、裁判では証言台にも、立たなくてはならんだろう。断われば、自分が罪に問われる事になるからね」

「あなたは警察に、今度の調査内容を、リークするつもりなのね」

「必要とあらばね。犠牲者が二人も出ているんだ。追いつめられた彼が、これ以上殺人を犯さないという保証はどこにもないからね」

「そうね、もし、もしもよ。あなたが調査したような事を、R出版の内部調査で、既に掴んでいるとしたら？　もし入り口にでも差し掛かっていたら、突き止めた人を殺す可能性だって、あるわよね？」

「そりゃあ、多分にあるだろう。現に、塚本って男も、何かを掴んでそれを匂わせたがために、殺されてしまったんだろうからね。経理からたどれば、横領はすぐに発覚するさ」

「私は、杉浦社長は、何か感づいていたんじゃあないかと思うのよ。それで、息子の浜崎君に、内々で調査を頼んだと踏んでるんだけど。杉浦専務の鉾先は、究極、この親子に向かうとは、考えられない？」

「大いにあり得る。僕も実際、今回の調査で、そこに思い当たったんだ。人間、破れかぶれになった時、特に彼のような人間の場合、自分がこうなった一番の原因は、お前たちにある、と思い込むタイプだからな。決して、自分の責任とは認めないタイプだから。もしこれから、第三、第四の殺人を犯すとしたら、ターゲットは、間違いなくこの二人だろう」

由希は、自分も朧げには予測していたが、沢木の口から断言されると、息が詰まりそうになった。今、この時点でも、起きている可能性もある。

由希は、トイレに行くと断わりを入れ、事実トイレに向かい浜崎の携帯を鳴らしてみた。留守電になっていて、〝メッセージをどうぞ〟という。由希は、安心しようと連絡したのだが、却って逆の結果になってしまった。もしや、予測したような事態に陥っているのでは、と思うと、いても立ってもいられない気分だった。いつもなら、何か用があるんだろう位に思うのに、今は考えがすべて一つの方向に向いていていて、ゆとりが持てないのだ。

自分が柄にもなく、こんなに取り乱している事に、由希自身面喰っていた。こんな自分を、沢木に見せる訳にはいかないという、冷静な声だけは、聞こえていた。

本音は、今からR出版に、一緒に行ってもらえないかと、頼みたい心境なのだが、何故か沢木に頼むのは、気が引けた。

由希は、(落ち着いて、落ち着いて)と自分に言い聞かせ、部屋に戻った。

沢木は、電話で話していた。由希を見ると、拝借しているよという素振りをしたので、由希も、どうぞと身振りで示した。もう大方の話は済んでいたようで、二、三回相槌を打つと、

「じゃあ、この件の検討を宜しく。週明けにでも、私の方から出向きますから。はい、それじゃあ、また」

受話器を置いた沢木は、

「R出版の浜崎は今、警察の事情聴取に応じているらしいよ。杉浦社長も別々にではあるが、同じ時間に事情聴取されているらしい。取り敢えずは、二人の身の安全は確保されて

いる訳だ。一応、僕の調査の結果も報告しといたよ。殺人犯を野放しにする程、危険な事はないからね」

由希は、全身の力が抜けていくようであった。自分がこれ程、緊張していたのかと驚いたが、反面、心底ほっとした。

沢木には、いつもながら的確な判断と処理に感謝せずには、いられない。さっきのままの心理状態では、今夜一晩と身がもたなかっただろうから。

帰り支度を始めた沢木に由希は、さりげなく聞こえる事を祈りながら、

「今日あなたから伺った事は、浜崎君らに教えた方が、いいのかしら？」

「そうだな。僕としてはこの調査に、かなり自信を持っているから、話してあげた方が親切だと思うね。僕から言うよりは、日頃から付き合いのある、君から言ってあげた方がいいだろうね。君は気が重いかも知れないが」

「あなたがさっき、警察に教えた訳だから警察の方からもそれとなく、用心するよう話があるとは、思わない？」

「それはどうかな？　捜査上の秘密という事で、伏せられる場合もあるし、あの親子の身の危険を感じたら、保護の意味でも言うだろうしね。ただ、僕が報告した相手は、かなり切れるから、その辺はぬかりないとは思うけどね」

「話すとしたら、今日中の方がいいわよね？」

「ああ、それは早いに越した事はないさ。ここまで知ってて、また殺人でも起きたら、僕らも後味悪いから」

後味が悪いなんかでは、済まされない。由希は夕方にでも、もう一度浜崎に連絡をとろうと思った。

沢木が帰ると、もう三時であった。事務所の自室には、初夏の強い陽射しが入り込み、由希は疲れと眠けを感じ、ソファで少し横になる事にした。弱い冷房が入っているので、事務所のロッカーに置いてあるショールを掛けて横になると、瞬く間に眠りに落ちた。

軽い寒気を感じ、目が覚めた。陽は少しだけ西に傾いたような気がしたが、実際は余り変わっていないだろう。四時半だったから。

でも由希は、ぐっすり眠ったという充実感で、体も頭もすっきりしていた。

もう事情聴取は終わっただろうか？　いや、もう少し掛かるかも知れない。由希は、一応携帯を鳴らしてみた。案の定、留守電だったが、電話が欲しいと、メッセージを入れておいた。

由希は、電話が来るまで原稿書きに集中する事にした。せっかく出社して来たのだから、実りを出さなくては、出社して来た意味がない。

九

外が薄暗くなり始めた頃、由希の携帯が鳴った。浜崎からである。七時になろうとしていた。

「もしもし、浜崎ですけど、明日都合が悪いなんて言うんじゃあ、ないでしょうね？　天気も気温も文句なしなんですからね」

「あー、明日ね。すっかり忘れてたわ。それどころじゃあなかったでしょ？　事情聴取、今までかかったの？」

「おっ、早耳ですね。地獄耳とでも言うのかな？　どっからの情報ですか？　沢木氏かな？」

「まあ、そんなとこだけど、警察から何か言われなかった？」

「何かですって？　あのねえ、僕は昼から今まで警察の事情聴取を受けていたんですよ。そりゃあもう、百回位聞かれたり、言われたりですよ」

「そうじゃなくて、今回の一連の殺人事件の容疑者についてっていうか……」

「由希さんにしては歯切れが悪いですね。何か言いたい事があったら、はっきり言って下さいよ」

呼び方が由希になっている。それもとても自然な感じで。本人はあまり意識していないかも知れないが、過敏になっている由希としては、いちいち気になってしまう。

「いえね。誰かに注意しろとか、何んとか言われなかった？」

「はあん、その事ですか？　何故由希さんには、その情報が入ってるんですかね？　やはりそれも沢木氏からの情報ですか？」

「そうだけど。じゃあ入ってるのね？　あなたも独自に社内で、調査を進めてたんだから、横領の件とかは、もう掴んでいるんでしょ？」

「うーん。由希さん、かなり詳しく知ってますね？　調べたんですか？　それとも沢木氏の調査結果でも出たのかな？」

「もちろん、沢木からの情報に決まってるわ。ただ、推測の段階から私も沢木も、彼が臭いと睨んでいたから、あなたには申し訳ないけど、やっぱりそうだったのかって思ったわ」

「世間をお騒がせした上に、身内の犯行となると、はっきり言って僕も親父も、相当ダメージを喰らってますよ。僕は、親父は何かうすうす感づいていたんじゃあないかと、思える節もあるんだけどね。ただ、肝心の兄貴が雲隠れしていて、どこにいるのか分らないんだよね。逆にそっちの方が、心配と言えば心配だけど」

「二通りの意味でね。私は、こっそりあなた方親子の前に現れて、何か危害を加えやしないかと、そっちの方が心配よ」

「由希さんに心配されるのもまんざら悪くないんで、今暫く綱渡りしてようかな」

「呑気な事言ってないで、充分気をつけて頂だい。こっちは寿命の縮む思いなんだから」

「まるでカミさんに言われてるみたいだな。じゃあ明日楽しみに。バイ」

また、一方的に切られてしまった。あくまでも飄飄としていて、掴まえどころがない。彼は兄の犯行を大方調べたか、聞かされたはずなのだ。なのに、いつもとあまり変わらない受け答え。

(でも、相当ダメージを喰らっているって言ってたわ。きっと、余り表に出さないタイプなのかも。内心では、ショックが大きいはずよ)

こんな非常事態の時に、海へのデートなんかしていいものやら。二人とも楽しめるのだろうか？　由希は、ちょっと不安だった。

翌日は、朝の八時に目が覚めた。カーテンを引くと、真っ青の快晴だった。由希は、昨日までの不安もどこへやら、何かすがすがしい気分になった。

今日着て行く身繕いを先ず始めた。昨晩の内に揃えておいたが、朝になって着てみると、気分が変わるという事は、よくある事だ。今朝が正にそうだった。昨夜の気の重い状態でセレクトした感じと、今朝のこのすがすがしい気分で選ぶ服は、おのずと違って来る。

由希は、十分程クローゼットの前で、あれやこれやと悩んだ末、ようやく恰好が決まった。洗顔と化粧を手早く済ませると、朝食はやめて、冷たい牛乳をコップ一杯飲み、コーヒーはポットに入れて、持って行く事にした。きっと浜崎の事だから朝食抜きだろうし、途中のドライブインかファーストフードで、軽く食べるだろうと思ったのだ。

すべての仕度を終えてもまだ、一時間はある、由希は、窓をすべて開け放ち、掃除機をかけた。花瓶の水も替え、雑巾がけも済ませた。トイレの掃除も済んだので、今日の掃除はこの辺で打ち切り、手をきれいに洗って、クリームをつける。十時十分前である。

浜崎は、一度も由希のマンションに来たことがないのに、間違わずに来れるだろうか？ところで彼は、どこから来るのだろう？

この時になって由希は、浜崎がどこに住んでいるのか、母親と一緒なのかどうか、何一つ知らない事に気づいた。今は便利な携帯電話というものがあるので、いつどこにいても、電波さえ届けば、連絡がつく。

そもそも、ほんのひと月前まで由希は、浜崎に対して、軽佻浮薄な若者としか、見ていなかったのだ。まさか、こんな二人で海にデートする事になるなんて、間違ってもないと思っていたのに、人生一寸先は分からない。

インターホンのチャイムが鳴った。十時五分前である。遊びの時は、時間厳守らしい。

インターホンを取ると、浜崎の声がした。由希はすぐ行くとだけ言って、インターホンの受話器を置くと、荷物を持ってマンションの玄関へ向かった。

浜崎の車は、フォルクスワーゲンの紺のゴルフである。彼もまた、今日の天気にふさわしい、小ざっぱりとした恰好をしていた。

そう言えば、今まで彼の服装で、ダサイとか何か違和感があると感じた事は、一度もない。いつもそれなりに身ぎれいで、さりげなく流行も取り入れている。派手ではないが、洒落者という感じであった。由希には今まで、それがまた気に入らない所でもあったのだが。

今日もカーキ色のパンツに、紺と緑の縞のポロシャツという恰好なのだが、均整のとれた体にピチッと着こなしていて、モデルみたいだ。本人は、モデルみたいと言われるのが、一番嫌だと言っていたのを、以前聞いたことがあったが。

由希は、ポーッとして見惚れていると思われたくなかったので、浜崎と目が合うと、自分から挨拶をした。

「お早よう。早かったのね。遅刻覚悟でいたから、ちょっと驚いちゃった」

「まさか。自分から誘っといて遅れるなんて、男子の風上にも置けませんからね。今日も素敵ですね、由希さん。いつもながら、さりげなくて、今日のデートにもぴったりの恰好ですね」

由希は、頬が上気して来るのが分った。

話題を変えねば。

「じゃあ、出発しましょうよ。朝食は抜きでしょ？　私もなの。途中で軽く食べましょう」

浜崎が運転席に座ると由希は、自分で助手席のドアを開け、滑り込んだ。シートベルトを締めると、車は勢いよく発進した。

町田街道から国道十六号で、横浜方面へ向かい、そこから湘南の海を目指すようだ。長い道中になりそうだ。

由希はポットからコーヒーを注いで、一つを浜崎に渡した。浜崎は美味しそうに一口すると、鼻歌まじりで上機嫌だった。

「ところで浜崎君は、今日どこから来たの？　っていうよりどこに住んでるの？」

「あれ？　知らなかったんですか？　国立ですよ」

「えーっ、あなたも国立なの？」

「あなたもって。そういえば、殺された田所部長も、塚本も国立の住人だったな」

「塚本さんも？　R出版の方たちは、国立がお好きって事かしら？」

「元々R出版の社宅と独身寮が国立にあったものだから、通勤にはちょっと遠いけど、住み慣れた所に、居座ってしまうんでしょうね。僕なんかその口ですね。最初の一年だけは、独身寮に入ってましたけど、その後は独り気楽なマンション住まいって訳です」

「お母さまはご一緒じゃないの？　お元気なんでしょ？」

「はい、お蔭さまで元気にしています。お袋は目黒に住んでます。親父が訪ねて行くにしても、ある程度近くないと、億劫でしょ？　目黒だと会社に近いですから。僕も飲んで遅くなった時なんかは、お邪魔させてもらってます。たまに、親父と鉢合わせになる事もありますけどね」

「そんな時、お父さまの反応はどんな？」

「あちらは、オーッて感じで嬉しそうですね。しこたま飲んで、国立まで帰れないから泊まりに行ったのに、久し振りに逢ったから、飲めとか言って、夜中にまた付き合わされる破目になって。こっちもそうなったら、破れかぶれで、とことん飲むぞーって、感じですかね」

　そんな時はきっと、母親が一番嬉しいんだろうなって、由希は思った。愛する二人が、自分の家で呑み交わしてるんですもの。由希には母親の心が、手に取るように分る気がした。

　二人は途中でファミリーレストランに立ち寄り、軽く腹ごしらえをした。由希は食事の後、どうにもならないほど睡魔に襲われ、湘南に着く少し手前まで、ずっと眠り込んでしまった。

目を覚ました時にずっと一人で運転していた浜崎に、済まないと思ったが、横目で見る限り、上機嫌で、そんな事は意に介していない風だった。

潮の香りが、ぷーんと漂って来た。やはり、天気のいい日曜日という事もあり、思った以上の人出であった。由希も浜崎も、泳ぐ意思はなかったので、海岸というよりは、ちょっと高台から海を見下ろす、というシチュエーションを選んだ。

どこまでも澄んだ青空の先に、水平線がくっきりと見える。

浜崎はシートを倒すと、心地良さそうに伸びをし、目を閉じた。長時間の運転で、きっと疲れが出ているのだろう。私なんかずっと眠り続けていたのだから、彼も眠くて当然だ。由希もシートを倒し、大海原と大空を交互に見ながら、正に命の洗濯をしているようだと思った。

離婚後、自宅と仕事場の往復以外、街中《まちなか》を抜け出して、自然に接したのは初めてだった。由希は自分が、街中の小さな箱の中で、日々必死と言えば言えなくもないが、ちまちまと生きていたように思えて、自分の存在が、この海と大空に比べたら、何んとちっぽけなものかと思った。

今日は思い切って来て良かった。誘ってくれた浜崎にも、感謝しなくちゃ。

由希は、隣で眠りこけているはずの、浜崎をちらと盗み見た。すると、眠っているはずの彼の視線と、ぱっちりぶつかった。浜崎は、ぱっちり目を見開いて、由希をじいっと見つめていたのだ。

いつから？ てっきり眠っているものとばかり、思い込んでいた由希は、二人きりという事も忘れて、リラックスしていたのだ。起きているとなると、シートなど倒している場合ではない。由希はやおら背を起こし、倒していたシートも戻した。すると由希の手に、浜崎が優しく手を重ねて来た。

「由希さん、寛いで下さいよ。襲って食べたりしませんから。僕といると寛げませんか？ 僕は由希さんといると、とても心が落ち着くんです。何故だか良く分らないんだけど、自分でも不思議です。由希さんといると、僕の方が年上のような気がする、というのも不思議です。由希さんの方が、人生経験も僕よりおありだし、収入だって全然多いのに、でも何故か、あなたを見ていると、僕が守ってあげなきゃあ、という気持ちになってしまう。こんな事は初めてですよ。しかも七つも年上の女性に対して。由希さん、聞いてますか？ また固まってるんじゃあないでしょうね？ 以前僕が、杉本沙知子君を送って行った時、杉本君に何を言ったのかって、あなたに問い詰められた事が、ありましたよね？ あの晩、実は今あなたに言ったことを、彼女にも正直に言ったんです。本人にもまだ伝えてないがって、前置きしてね。遠回しの告白ですよね？ だから彼女は、あなたに言う事も出来ずに一人で悩んでいたんだと思います。ちょっと、気の毒なことをしてしまいました」

しばし沈黙が流れた。由希はすぐに返す言葉が見つからず、呆然としていた。余りに開けっぴろげで、素直な告白で、由希の心にストレートに入り込んで来た。杉本沙知子が、この事を聞かされたら、やはり堪えただろう。

浜崎の言い方が率直過ぎて、杉本沙知子の辛さも倍増した事だろう。

彼女が何んでも話していた由希に、浜崎が告白する前に、自分の口から言ってはいけないと、義理立てて言えないでいた事は、察しがついた。悩みがあったら相談して等と、偉そうに言っていた自分が、悩みの素になっていたとは。姉のつもりだったのに、私の存在が彼女の初恋の邪魔をしていたなんて。由希は、浜崎の告白の事より、これを聞かされた杉本沙知子の心情を推し測ると、知らぬは自分ばかりなりで、済まない事をしたという想いの方が、先走った。

由希の沈黙に耐えかねたのか、浜崎が沈黙を破った。

「やはり固まりましたね。大体予想通りなので、僕は余り驚きませんけどね。由希さんが、すぐ固まる人だと言う事は、体験済みなんで、今日のような告白に、固まらない訳がないと、踏んでましたから。一度や二度の固まりには、全然めげませんよ、僕は。人生は出会い、でしょ？　人もそう、モノや職業や趣味も、すべて出会いですよね？　いい人っていうのは、人によって判断が分れますけど、好きと思える人は、全世界共通の感性、フィーリングでしょ？　理屈なんかないんですよ、人を好きになる時って。人生の中で『この人だ』って思える人って、そう度々出会えるもんじゃあないと思うんです。僕も今まで人並みに恋もし、付き合ったりして来ましたけど、由希さんのように思える女《ひと》に、出会った事はなかった」

ここで初めて由希が口を開いた。

「まだ、個人的に深くお付き合いした訳でもないのに、どうしてそんな事が言えて？　付き合ってみたら、自分の思い込み違いだったたっていう事も、あるかも知れないじゃない？」

「そうかも知れない。細かい所では、へえー、こんな所もあるんだとか、知らない事だらけかも知れないけど、大筋でそう思える異性には、そう会えるもんじゃあないと、実は最近、思うようになったんです」

「でも私は、浜崎君に対して、まだ、そんな風に感じたり、見た事は一度もないんだけど」

「そんな事百も承知ですよ。ましてや由希さんは、離婚して一年にも満たないのに、僕のように思えっていう方が無理でしょ？　でも僕は、そういう気持ちで由希さんを見ているという事を、伝えたかったし、由希さんに知っといて欲しかった。今日みたいにドライブしたり、映画を観て食事をしたり、そういうお付き合いから始められれば、お互いをもっと良く、知り合えるようになると思うんです」

しばしの沈黙の後、徐《おもむろ》に由希が口を開いた。

「今すぐご返事は出来ないけど、少し考えさせて」

「いいでしょう。この話はこれで打ち切り。腹ペコなんで、何か美味しいものでも食べましょう」

二十分後二人は、海沿いのお洒落なレストランの、テラス席に座っていた。海から風に乗って、潮の香りが漂って来る。この店の売りは、何んと言っても、すぐ近くの港から直送されて来る活きのいい魚介類だ。空腹の二人は、奨められるままに、本日のお奨めをすべて注文した。痩せの大喰いの二人なら、きっと大丈夫だろうと、お互い踏んだのだ。

食事の前に、ジンジャーエールとペリエで乾杯した。二人共冷たいビールを飲みたかったが、帰りの運転があるので、ぐっと堪えた。由希は昨日以来、気になって仕方がなかった、例の話題を口にした。

「お兄さまの行方は、まだ分らないの?」

「うん。全然見当もつかない。見当がつく所は、奥さんが連絡しているみたいなんだけど、行ってる様子もないしね。無論、殺人まで犯したとしたら、そんな所へは行かないでしょうね」

「浜崎君は、今回の一連の犯行は、お兄さまだと確信してる？」

「そりゃあ違ってたら、どんなにか嬉しいけど、九割方、兄の犯行だと認めざるを得ない」

「いつからそう思ったの？　警察で聞かされてから？」

「いいえ、そこまで、身贔屓してませんよ。最初に疑いを持ったのは、由希さんから指摘されて、幹部通用門の事に思い至った時だけど。でもあの時は、取締役以上十人すべてが対象だった。親父も含めてね。それでも僕の頭の中では、取締役の中でも、最高幹部クラスに絞られると、思ってはいましたけどね。経理の事は、前々から内密に調査してたんで、横領は、幹部や一部社員の知る所とは、なってましたから。僕は、解雇された松本前課長に当時の状況を聞きに行きましたよ」

「一人で？」

「いいえ、一人で行くと、言った、言わないになると困るので、ちゃんと秘書役を連れて、秘密に録音も取らせてもらいました。ただ彼は、今回の一連の事件を報道で知って、身の危険を感じると言って、すんなりとは応じてくれなかった。それで警察に事情を話し、事と次第によっては、身辺警護をしてもらうという、確約を取りつけてから、やっと応じてくれたんですけどね」

「じゃあ、その時点であなたは、専務の犯行と睨んでたの？」

「そうだな。どうやっても消去法で行くと兄貴しか残らないんだよね、悲しい事に。でも松本前課長の話を聞いてたら、兄弟である事の方が、悲しかったね。こっちはもちろん、選べないけどね。兄貴は、人間の心を失ったクズとしか言いようがない。もちろん、今まで一度だって、弟として、扱ってもらった事もないけど、この世にたった一人しかいない、血を分けた兄弟が、アイツだったと思うと情ないし、呪いたくなるね」

そういうと浜崎は、ジンジャーエールを一気に飲み干し、由希のペリエも自分のグラスに注いで飲んだ。

彼がこんなに激昂する様を、初めて眼の当たりにした由希は、彼にとって如何に、辛い出来事だったのか、察する事が出来た。と同時に、今までそんな感情を曖気《おくび》にも出さずに、淡々と調査しなければならなかった、浜崎の心中と、由希に対しても何んら変らない態度で、接していた事を考え合わせると、彼は意外に、度量の大きい男性なのでは？　由希が思っている以上に、大人の男性なのかも知れない。由希は改めて、浜崎をまじまじと見つめた。

「昨日、警察に呼ばれて、色々聞かれましたけど、警察も十中八、九、兄に目星をつけていると思いました。特に、沢木さんからの調査報告を受けてからは、決定的になったという感じでしたね。沢木さんて、どうしてあんなに警察に、信用されてるんですか？」

「さあ、詳しい所は分らないわ」

「一番大きかったのは、岩木らとの接点を確かな事情で掴んだという事でしょうね。沢木さんのコネクションは、本当に凄いですね。警察も俄に色めき立って、捜査員も張り切り出した感じでした。僕と親父の身辺を警護する話が出ましたよ。僕としては、親父であり、社長の身辺警護は無論、お願いしましたけど、僕より松本前課長の警護を厳重に頼んでおきました。彼は、重要な証人になる訳だから、兄から見ても、警察から見ても、僕より数段大事な存在でしょ？　それで今日僕は、ノーマークで、こうしてデートしているという訳です」

「そうね、松本前課長は、今最も、危険な立場にいるわね。でもあなただって、気を許しちゃあ駄目よ。専務が捕まるまでは、油断出来ないわ」

注文した料理が次々と運ばれて来て、テーブル一杯に並べられた。どれも新鮮で、美味しそうである。

二人は何から食べようかと、鼻を鳴らさんばかりに、取り皿を持って、品定めをしながら、気に入ったものをそれぞれの皿に取り分けた。二人ほとんど同時に、料理を一口食べると「美味しい」と一言発した。

それからは黙々と、食べる事に専念した。デザートとコーヒーまで飲み終えると、二人とも流石に、おなかが一杯だった。

二人は日が暮れる前に発つ事にした。由希は、帰りこそは絶対起きていようと思ってたのに、三十分もすると、着くまでまたもぐっすり眠り込んでしまった。

マンションに着いたと起こされた時は、ばつの悪さを感じた由希だったが、まだ頭が朦朧としていたので、ちゃんと謝ったかは、定かでない。寄ってコーヒーでも飲んで行く？と誘ってはみたが、浜崎は一瞬、天を仰ぎ見るように、うーんと唸ったが、やめときましょう、また、今度。と言って帰って行った。由希も全身に疲れを感じていて、お風呂に入って、早く休みたかったので、本音は有難たかった。

由希はあれから何度、この夜の事を悔んだか知れない。あの晩、浜崎の愛の告白を受け入れていれば、事態は違っていたかも知れないのだ。

十

あの晩、由希のマンションの前で別れてから、浜崎は行方が分らなくなった。警察・関係者の大方の見方は、杉浦慎一に連れ去られたというものだった。殺人犯であり、覚醒剤の常習者（これは松本前課長の証言によって明らかになった）である、腹違いではあっても、実の兄に勾引《かどわか》されたというのだ。何のために？　自分の犯行が露見した事を知った杉浦慎一が、遅かれ早かれ捜査の手が延び、逃れられないと踏み、憎き弟を道連れに、自分と母親を不幸にした憎き父に、これ以上はない形で復讐しようとしているのだ。

由由しき事態であった。由希は、この一報を聞いてからというもの、食事も喉を通らず、夜も眠れぬ日々が続いた。由希なりに杉浦慎一の心理状態を分析すると、由希の体に震えが走り、止まらなくなる事もしばしばであった。プラス思考で考えようとしても、相手が相手だけに、無理があった。

警察の必死の捜査にも拘らず、消息を絶ってから、既に三日が過ぎようとしていた。

七月が中旬に入っても梅雨はまだ明けていなかった。しかし、今年は意外に雨も少なく、梅雨という気が余りせずに、その分暑さは厳しかった。

由希はこの三日間というもの、何を思い、どうやって生きて来たのか、まるで自覚がなかった。事務所の沙知子共々、亡霊が浮遊しているような、二人共目の焦点は定まらず、仕事をしていても、心ここに在らず、という感じであった。

由希は、机の上に原稿用紙を広げたまま、幾度となく宙を見上げては、堪えようとするのだが、その頬を涙が伝って行く。日に何度、声を上げずに泣いた事だろう。浜崎の身の安否と自責の念を払い去れないのだ。

由希は日に何度か、杉浦慎一に向かって、まじないを掛けようと真剣に試みた。〝念ずれば通ず〟という格言があったはずだ。彼も人の子なら、腹違いとはいえ、血のつながった弟を、むざむざ殺害するという残酷な事が、出来るはずがない。否、彼になら出来るだろうが、しちゃあいけない。由希は心の中で強く念じ、杉浦慎一に通じさせようと、必死になるのだが、そのそばから、嗚咽が洩れて来るのだ。絶望から来るものであった。アイツは性根まで腐った人間のクズなのだ。浜崎も言っていたではないか。そいつの手に、浜崎の命は、委ねられてしまった。もう三日も消息を絶ったままなのだ。藁にもすがりたい思いでこの三日間、日課のように祈り始めるのだった。最後は決まって、自分の無力を思い知らされると共に、杉浦慎一を殺したい程、憎んでいる自分の激しさに、戸惑いを覚える由希だった。

だがもし、浜崎を無事帰してくれるというのなら、由希は、憎き杉浦慎一に、百遍でも土下座をするだろうという事も、知っていた。

(本当にお願い。どうか、無事帰して)

父親の杉浦社長は、おそらく浜崎淳一を、R出版の将来の社長にと、考えていた事だろう。由希も朧げながら、そんな日が来るような気がしていた。

初めは、お調子者の軽薄な、今時の若者としか思えなかったが、最近は、ひょっとして、彼がトップに就いたら、R出版は父親とはまた違った意味で、業界のトップに君臨しそうな予感を抱かせた。彼にはそんな〝何か〟を感じるのである。

あの飄飄としていて、その実、しっかり現実を捉えながらも、彼流の柔軟な思考と態度で、相手に圧迫感を感じさせずに、押すところは押して一歩も退かない所なぞ、なかなかどうして、あの若さで身につけようとして、つけられるものじゃない。おそらく杉浦社長は、幼ない頃から浜崎と長男を較べて、浜崎の資質を買っていたのでは、ないだろうか?それとは気づかせずに、〝帝王学〟を学ばせていたのだろう。

浜崎が消息を絶ってから、五日目の朝を迎えた。ベッドから起き上がろうとして由希は、軽い立ちくらみを覚えた。

昨夜もベッドに入っても寝つけず、夜明け前にやっと、うとうとしたが、習慣で六時半には、目が覚めたのだ。この四日間、ほとんど食事らしい食事もしていないので、このままでは由希の身が持ち堪えられそうになかった。

それでも由希は、テレビのニュースを聞こうとスイッチを入れ、朝刊の記事に隈なく目を通した。

やっとの思いで、コップ一杯の牛乳を飲み、コーヒーを淹れ、マグカップに注ぎ、カップを持ったまま、部屋中を行ったり来たりした。本人は、考え事をしているので、気づいてないだろうが、他人が見たら正に、うろうろしているとしか思えない。

（今日で五日目。生きているわよね？　浜崎君。生きてたら私にテレパシーを送って！お願い！）

由希は、身支度を整えて、事務所に向かった。由希のマンションは電波が届かないので、携帯がつながらない。〝圏外〟なのだ。浜崎が連絡して来ようにも〝圏外〟にいたんじゃあ始まらない。由希は、いつでも飛び出せるよう、スタンバイしていたかった。

マンションを出て、中央高速に向かっている時、携帯がプルプル鳴り出した。見ると、沙知子からである。由希は胸騒ぎを覚えて、道路の左に車を寄せて停車し、携帯を耳に当てた。

「もしもし、沙っちゃん。何か連絡が入ったの?」

「社長、浜崎さんからでした。ただ、声が途切れ、途切れで喘ぐような感じだったので、まとまりはありませんが、東京タワー、マンションって、社長に伝えてくれって」

「私に?」

「はい、由希さんに伝えてって言って、切れました」

由希は鳥肌が立った。通じたのだ。一刻の猶予もない。由希は沙知子に、後は任せてとだけ言うと、携帯を切り、沢木に連絡を入れた。警察をすぐ動かしてもらうには、彼に頼るしかない。由希は浜崎が、東京タワーの見える所にあるマンションに監禁されていると思われるので、その周辺の徹底捜査と、体に傷を負っているのか、衰弱しているようなので、一刻も早く見つけ出して欲しいと頼んだ。それと同時に、杉浦社長と浜崎淳一の母親の身辺警護の一層の強化と、松本前課長の身辺警護を重ねて頼んだ。

沢木という男は、一を聞いて十を知るタイプなので、彼なりの判断に基づいて、最善の策を講じてくれるという確信が由希にはあった。沢木に「分かった。任せてくれ」と言われたので、由希はひとまず胸をなでおろし、事務所へ向かった。

事務所に着くと、沙知子は出社していた。心なしか二人共、昨日までとは別人のように、目に輝きがあった。無論、無事見つかるまでは油断出来ないが、それでも一縷の望みが出て来たのだ。由希は、五日振りに空腹感を覚えた。

「社長、おはようございます。今日は、朝召し上がっていらしたんですか?」

「いいえ、召し上がってないのよ。沙っちゃんは? まだ? じゃあ、サンドイッチでも食べようか?」

沙知子が近所のパン屋に買いに行き、由希はコーヒーを淹れた。

二人は久し振りに、差し向かいでサンドイッチを頬張りながら、やっと生きた心地がした。

由希は何故か、今日が勝負のような気がしていた。浜崎の体の状態が気になる所だが、あの殺人鬼と化した杉浦慎一が、浜崎に危害を加えずに四日も過ごすとは、到底思えない。沙知子も浜崎の体が心配のようだ。

「沙っちゃんが受けた感じでは、どういう状態だったと思う?」

「何かこう、言葉を絞り出すような感じで、あ、そうだ。よく人ってお腹が苦しかったりすると、あるいはお腹を押えて話そうとすると……」

二人は思わず、互いに口を押さえて、顔を見合った。

(腹を刺された?)

もし、そうだとしたら、電話で最初に刺された、と言うのではないだろうか? いや、しかし。由希はいたたまれず、沢木に連絡を入れた。もしや、腹を刺されて瀕死の状態かも知れないので、捜査員を総動員して、一刻も早く助け出さなければ、彼の命の保証はないと、沢木に訴えた。沢木に訴えるのは、筋違いかも知れないが、今の由希には、沢木イコール警察という図式が出来上がってるので、沢木の心を動かすしかないのだ。

沢木は朝も、警視庁の上層部に掛け合って、危害を加えられている事は、充分考えられるので、今日中に見つけ出す覚悟で臨んで欲しいと、要請しておいた事、つい今しがたの報告では、今日が勝負という事で、近県からも捜査員を動員して、今現在、五百人の捜査員で、捜査にあたっているという。正に、異例中の異例ではある。これは沢木の力だけではあるまい。父親の杉浦社長の社会的地位と、彼もまた、警察に太いパイプを持っている事は充分考えられる。

由希は、何か情報が入ったら、すぐ連絡して欲しいと頼んで、電話を切った。

二人共今日は、仕事が手につきそうもなかった。この四日間もそうだったが、今日は特に、ベルの音に耳を欹《そばだ》てて、一日過ごす破目になりそうだった。

そろそろ二時になりそうな頃、今日初めての電話が鳴った。

二人共待ちわびていたにも拘わらず、一度目のコールで飛びつかなかった。二度目のコールが鳴り出した時、ほぼ同時に二人は、電話に飛びついた。

「はい、オフィスKです」と同時に応答したが、つながったのは由希だった。由希が一瞬早かったらしい。相手は沢木だった。

「よう。待ちくたびれただろう？　奴っこさん、たった今、無事保護されたよ。三田のマンションに、監禁されてたそうだ。ただ、君の言っていた通り、いや、刺された傷はなかったそうだが、全身に、タバコを押し当てられて出来た火傷が、水腫れ状態になってて、それが二十数カ所に及ぶらしい。一つ一つは小さい傷でも、全身となると唸るよな。それと確かに、腹も靴で蹴られて、内出血を起こしていたらしい。虎ノ門病院に搬送するらしいから、君もすぐ行ってみろよ」

「有難とう……」

由希はそれきり、言葉が継げなかった。何かを話せば、泣き声になりそうだった。すぐ横に来て、受話器に耳を欹てていた杉本沙知子にも無事だった事は、伝わったのだろう。受話器を置いた由希に抱きついて来て、おいおい泣き出した。由希も止めていた呼吸をするかのように、一つ長い息を吐いた。それから沙知子の体をしっかり抱き締め、泣きじゃくる沙知子に、

「沙っちゃん、浜崎君はね、無数の火傷を負っているらしいの。今、虎ノ門病院に搬送されて来るらしいから、私たちも仕度して行ってみましょう」

「分りました。顔洗って来ます」

するとまた、電話が鳴った。出ると、白木百合江ちゃんのお母さまからだった。

「片倉さん、今テレビのニュースで見ました。良かったわね。片倉さんのお知り合いの方だったんでしょ。助け出された方」

「ええ、私の担当編集者の方です。テレビのニュースで流れてるんですか?」

由希は応接セットの置いてある方へ歩きながら、リモコンでテレビのスイッチを入れた。確かに昼の時間のニュースでも、ワイドショーでもこのニュースをやっていた。と同時に、初めて指名手配として、杉浦慎一の顔写真が、大きく映し出されていた。浜崎の保護が無事終わった事で、警察は公開捜査に踏み切ったのだ。

受話器を置くと同時に、また電話が鳴り出した。今度は下林素子からだった。

「片倉さん、テレビ見た? 良かったね。お知り合いの方でしょ? 私も通夜の時、見掛けた青年だと思って、びっくりしたわ。背が高くて、仕切ってたから、目立ってたものね。指名手配の専務がR出版の社長の息子さんて聞いて、二度びっくりやわ。それでね、もっと驚く事があるのよ。今、太田さんにも確認取ったんやけど、やっぱり間違いないっていう事になって」

下林素子の前置きの長さも、切羽詰まった時には勘弁して欲しい。

「で、何が間違いないんですか？」

「それそれ。今話しても良かったの？」

「実は、今から虎ノ門病院へ行こうかと思ってたんですけど」

「あ、そうそう虎ノ門病院に搬送されたって言ってたわ」

「それで下林さんのお話、事件と何か、関係がある事ですか？」

「ある所か大ありよ、今、指名手配の杉浦慎一っていう人の、顔写真出てるでしょ？　実は昨日の晩、私たち、この男性見たのよ。あっ、私たちていうのは、私と太田美恵子さんなんだけどね」

「どこで見たんですか？」

「国立でよ。太田さんの運転する車で、お稽古の帰りに送ってもらったのよ。途中でお茶したから、結構、遅くなったかな？　七時をちょっと回った頃だったと思うわ、丁度暗くなり出した頃だったから」

「暗がりで見たのに、ちゃんと憶えてるんですか？」

「うん、何故か言うたらね、私あの男見た時、どっかで見た顔やなって思ったの。でね、太田さんにも言うて、でもどこで逢うたんか思い出せへんなって。あっ、ヤだ。すっかり訛ってたね。でもね、ウチに帰って来て、ドアを開ける時に、思い出したのよ」

「どこで会ってたんですか？」

由希は、先を急ぐ立場だったので、いつになく下林素子に、先を促した。

「それが、どこでだったと思う？」

「さあ？」

「ウチの三軒隣の田所さんのお宅でよ」

「あっ」

「ねえ？　驚いたでしょ？　私もびっくりやわ。あんな殺人鬼に挨拶してたかと思ったら、ぞっとしたけど、その殺人鬼が、国立をうろついてると思うと、もっとぞっとすると思わない？」

「思います。で、昨夜見掛けた男は、間違いなく、杉浦慎一だったんですね？」

「間違いないわ。一度は田所さんのお宅に回覧板を届けに行って、田所さんと話し込んでいる、あの男を見掛けたし、もう一度は、家から出て来た所で、ばったり会った事があるから、昨日で三回目だもの。私、通夜の時は、知り合いと話し込んでて、見逃しちゃったから」

「それで、国立のどの辺で会ったんですか？」

「ウチの近くに富士見台の公園があるでしょ？　その公園の通り沿いに、マンションがあるんだけど、そこから出て来たみたいだったわ。ジャンパー着て、野球帽みたいなものを、目深に被ってたんだけど、被り直そうと一度帽子を取ったのね。それで、あっ、この顔、どっかで見た顔だなと思ったのよ」

由希は聞きながら、もしかしたら浜崎のマンションかも知れないと、思っていた。何のためかは、全然見当もつかなかったが。

「それで、あちらは下林さんたちに気づかなかったのかしら?」

「と思うけど。何せ、車でパーッと通り過ぎた一瞬の出来事だったからね。でもね、私の目には、しっかり焼きついたのよ」

「下林さんの目に焼きついた事は、分りますけど、太田さんがしっかり憶えていたというのは、何故でしょう?」

「きっと太田さんは、私が思い出したんで、それなら間違いないんじゃないていう、感じだったんだけどね。でも何んか、目つきも人相も悪かったんで、一瞬だけど、印象に残ったみたいなの」

「貴重な情報、有難うございます。さっそく警察の方にもお話しして、その辺のパトロールを強化して頂かないと、怖くて歩けませんでしょ?」

「そうね、何んだか怖くなって来たねって、太田さんとも話してたのよ」

由希は、知り合いを通して、警察の方に報告する事を約束し、電話を切った。時計を見ると、十分近く話していた事になる。

とうに仕度の出来ていた沙知子は、ドアの前を行ったり来たりしながら、今や遅しと待ち構えていた。ロッカーからバッグを取り出し、ハイヒールに履き替え、薄いショールを羽織ると、

「沙っちゃん、永らくお待たせ。さあ、急ごう」

虎ノ門病院の周りは、既にマスコミ関係者に埋めつくされていて、車は入れそうになかった。由希は近くのビルの駐車場に車を入れると、歩いて行く事にした。そのまま行っても通らせてはもらえそうもなかったので、また沢木に電話して頼んだ。ついでに下林素子からの情報も、報告しておいた。

案の定、ごった返す人垣の中で、名前を言うと、二人はすぐに中に通された。

検査中という事で、診察室の前のソファには、浜崎の母親と杉浦社長、社長秘書ら、四、五人が、座って待っていた。由希と沙知子は、目礼だけし、端に立っていた。

浜崎の母親は、五十歳前後にしか見えなかったが、細面の美人で、なるほど、杉浦社長が惚れ込んだだけあって、若い頃は、さぞかし美しかった事は、容易に想像出来た。今でも充分美しかった。浜崎は、父親似と思っていたが、母親に会って見ると、母親そっくり

だった。両親共に、どちらかというと、細面で、スラリとした骨格なので、どちらに似ても、美形には違いないだろう。皆、一様に緊張した面持ちの中にも、無事助け出された事に、ほっとした安堵感みたいなものが、漂っていた。特に母親は、ここ数日眠れぬ日々が続いたのだろう。やつれて目の下にクマが出来てはいたが、なにやらほっとしているのが、由希にも、手に取るように分かった。それは何を隠そう、由希自身の事だったので、自分を見ているようだった。

どれ程、待っただろうか？　時間にして一時間にも満たなかっただろう。時計を見る事すら忘れていた。消息を絶ってからの五日間という時間に較べたら、嬉しさが優って、これしきの時間は、待つ内に入らない。

担当医師が姿を現すと、皆居ずまいを正した。由希と沙知子は、医師の話を聞き洩らすまいと、あわてて皆の傍に近寄って行った。

「もちろん、命に別状はないですし、火傷の跡が体中無数にありますが、一つ一つは大した傷じゃあないので、ここ数日、本人は痛いでしょうが、水腫れが引いたら治まるでしょう。傷跡も、まだお若いので、皮膚細胞の再生も早いでしょうし、跡がずっと残る事は、おそらくないでしょう。それとお腹の、打撲による内出血ですが、内臓云々という事はないと思いますが、ご本人もそれ程の事ではなかったと、言っておりましたので、問題はないと思います。ただ、万全を期して数日間の入院中に、検査はすべて行いたいと思っております」

「息子に会えますでしょうか？」

母親が聞いた。

「もちろん、お会い出来ます。ただ、この四日間、眠っている間に何をされるか分らないので、ずっと起きていたという事なので、鎮静剤を打っときました。あと十分もすれば、眠られるでしょうから、ご両親と、それから由希さんて方は、いらっしゃいますか？」

皆の視線が一斉に、由希と沙知子に向けられた。由希は一瞬、伏し目がちになったが、思い切って顔を上げると、

「はい、私です」

きっぱりと言い切った。杉浦社長の目が、心持ち細められ、「ほう」という表情で由希を見たので、由希は自分でも、頬が紅く染まってゆくのが分って、結局下を向いてしまった。先にご両親が入って行かれた。由希は一緒に入るのは気が引けたので、外で待った。五分程で、ご両親が出て来られた。母親は目が真っ赤だった。

杉浦社長が由希の方に近寄って来た。

「息子が会いたがっているので、会ってやってくれませんか？」

目を上げると、母親がお願いしますという風に、深々と頭を下げたので、由希もつられて会釈を返すと、病室に入った。

浜崎は鎮静剤が効いて来て、今にも眠たげだったが、由希に一目会ってから眠ろうと思っているのか、目をしばたたかせながら、必死に起きている感じだった。

由希は浜崎を見ると、視界がぼやけて来て、

「良かった」

と一言言うのが、やっとだった。

「こんなんじゃあ、暫く由希さんを抱けそうにないな。由希さん、聞いてますか？　こっちに来て、手ぐらい握って下さいよ」

由希は弾かれたように、ベッドの横に行き、恐る恐る浜崎の手を握った。手の甲にも火傷の跡があり、痛々しかった。

「僕が助かったのは、由希さんの祈りのお蔭です」

「えっ、どうして分かったの？」

「当り前でしょ。愛する人が危ない目に遭っていたら、祈るというのは、人類誕生から脈々と受け継がれて来た、人間の本能ですからね」

浜崎は、最後の力を振り絞って、目を大きく開けると、

「タイムオーバーになる前に、マジで由希さん、有難とう。あなたのお蔭です。キスして下さい」

由希は「えっ?」と思ったが、半分目が閉じかかっている浜崎に近づくと、優しくキスした。涙が次から次へと溢れて来て止まらなかった。

「しょっぱい……」

浜崎はそのまま深い、眠りに落ちて行った。

病室から出てくると、心配そうな顔をした沙知子と目が合ったので、「大丈夫よ」と口だけ動かし、頷いて見せた。沙知子は、やっとほっとしたように笑顔になった。

母親は帰っていなかったが、杉浦社長と秘書らしき男性が残っていたので、由希と沙知子は、挨拶をして帰るつもりだった。が、逆に杉浦社長の方から、由希に歩み寄って来ると、深々と頭を下げられてしまった。由希は杉浦社長に止めて下さいと頼んだが、今度は膝をついて、土下座までされてしまった。居たたまれず、由希も膝をついて座った。

「社長、どうかもうこんな事は、お止め下さい。私はどうしたら良いのか、困ってしまいます。さあ、お願いです。お顔をお上げになって下さい」

由希が杉浦社長の肩に手をかけ、顔を上げさせようとした時、由希の手の甲に、生温かいものが、ポタリと落ちた。社長の涙だった。

今、目の前にいるのは、社会的地位も取り払った、一人の父親としての、杉浦淳也なのだ。そう思った時、由希には彼の気持ちが痛い程伝わって来て、一緒に膝をついて座っているより他に、何も出来なかった。それでも秘書が「どうかもうその辺で」と社長にお願いすると、杉浦社長もようやく顔を上げ、由希の目をまじまじと覗き込むように、見つめながら、

「息子から聞きました。あなたの迅速な対応がなかったら、あの子の命は、どうなっていた事か。実の兄が、実の弟を殺すという、とんでもない事が起きていたでしょう。上の息子がしでかした事だけでも、世間様に申し訳なくて、顔を上げて生きて行けないというのに、あの子が助からなかったら、私たちは本当に死ぬ覚悟でした」

「私たち」というのは、浜崎の母親と杉浦社長の事であろう。その覚悟というのも、由希には良く理解出来た。

「いいえ、それは私の力ではありません。彼の持っている生命力、運の強さ、そして何より彼は、この世の中で必要とされている、何よりの証です。現に、彼が死んだら、こんなに嘆き悲しむ人がいるという事です。彼にはおそらく専務も手出し出来なかった〝何か〟が、あるんです」

「あなたも嘆き悲しむお一人ですか？」

由希は一呼吸置いて、

「ええ、もちろんその一人です」

と杉浦社長の目を、真っ直ぐ見ながら答えた。

杉浦社長の目が、みるみる柔和になり、由希の肩に優しく手を置くと、ちょっとしゃがれた声で、

「有難とう」

と言うと、片手を上げ失敬をするというポーズで歩み去った。後を秘書が追いながら、思い出したように、由希の方を振り返ると、お辞儀をしながら、またあたふたと社長の後を追って行った。

「社長、良かったですね。浜崎さんの怪我も思ったより軽くて、社長は命の恩人ですね。浜崎さんも一生頭が上がらないでしょう」

「何が一生なもんですか。三日もすれば忘れるタイプよ、あの手は。それより、本当の恩人はあなたよ、沙っちゃん。昨日のあの電話を確実にキャッチした、沙っちゃんがいたから、救出出来たのよ。千載一遇のチャンスだったかも知れないでしょ？　まだどういう状況で、電話出来たか聞いてないけど、たった一度のチャンスだったとしたら、一番の功労者は沙っちゃんよ。有難とう、沙っちゃん。私からもお礼をいうわ」

「何んだかそう言われると、嬉しいです。私も何かのお役に立てたんだと思って」

「何かどころか、一番よ」

二人は報道陣がごった返す正門を避け、裏口から出た。駐車場に向かって歩き出した時、ためらいがちに沙知子が口を開いた。

「社長、実は私、浜崎さんからあの夜、あ、送ってもらった夜ですけど、実は、とっても気になる女性がいるんだと、告白されたんです。まだ、その女性には、伝えてないけどどって。だから今まで社長にも言えなかったんですけど、今回の事で分ったんです。浜崎さんは、芯から社長を信頼してるんだなって。そして社長も本当は、浜崎さんが気になるどころか、とても、その何ていうか、そうだ、愛しく思っているという事が、よーく分ったんです。私なんかの出る幕じゃあないという事も。だから、この恋は諦めました。社長が相手なら勝ち目ありません。その代わり、うーんといい女になって、浜崎さんに〝逃した魚は大きかったぜ！〟って思わせてあげます。覚悟しといて下さい」

「沙っちゃんの決意は、大変結構だけど、私と浜崎君を結びつけるのは、まだ早いわ。私は離婚したばかりだし、彼より七つも年上なのよ。問題は山積みよ」

「そんな事、恋に悩みはつきもの。結婚に障害はつきものって、何かの本で読んだ事あります。私が全面的にバックアップしますから。百人力でしょ？」

「今は彼の健康の回復と、事件の解決が先決よ。まだ、専務は捕まってないし、事件の全貌も分ってないんだから」

「それはそうです。けど、浜崎さんは本気だと思います。社長は浜崎さんを、ちゃらちゃらした今時の若者と、決めつけてましたけど、今はどう思っていらっしゃいます？　私に告白した時の、浜崎さんの話し方で、真剣なんだなって、伝わって来ましたもん。ちょっぴり悔しかったですけどね」

「ちょっぴりだけ？」

「ううん、もの凄く。だって浜崎さんたら、社長の後ろ姿を見ると、愛しくて何度抱き締めたいと思ったか知れないなんて、ぬけぬけと言うんですよ」

「後ろ姿？　どうして後ろ姿なの？」

「私も同じことを聞いたんです。そしたら、前から見ると、如何にも私はキャリアウーマンで、あなたなんかに、男なんかに、世間なんかに負けないわって感じで、両足で踏ん張って、肩肘張ってるのが見え見えなのに、意地張ってて、ちょっと可愛いくない。でも後ろ姿には、素直に脆さとか、誰か傍にいないと生きていけない弱さとかが出るから、そのアンバランスな所が、余計に愛しさにつながるって、言ってました。ひどいですよね、私の前でノロケるなんて！」

「本当ね」

由希は相槌を打ったが、七つも年下の浜崎に見抜かれていた事が、ショックだった。浜崎には、何んでも見透かされているようで、たまに浜崎という男が、分らなくなる。本当は、どういう男なのか？

「社長、聞いてますか？　でもね、私は浜崎さんは〝買い〟だと思います。あっ、済みません、生意気な事言っちゃって。でも、社長だから、いいんです」

「えっ？　何が？」

「何か分るんです。社長だったら、浜崎さんを上手く御する事が、出来るだろうなって。浜崎さんて、あの通りのイイ男ですし、結構モテると思うんですよ。現に今、R出版でも狙っている女性は、多勢いるらしいんですけど、同い年位とか、年下と結婚したら、浜崎さんは、目茶目茶遊ぶタイプになると思いますけど、社長と結婚したら、ちゃんと納まるような、何んかそんな感じがして来ました。私、結構、霊感とか強いんです」

「それと、どんな関係？」

「いずれにしても、浜崎さんが社長にぞっこんだという事が、大事なんです。社長は何か分らないわ位で、丁度いいと思うんです。浜崎さんにリードさせる振りして、実は社長がしっかり御しているというのが、ベストですよね？」

何やら一人悦に入った感じの沙知子を尻目に、由希は国立で見掛けたという、杉浦慎一の行方が、無性に気になっていた。彼は何を考えているのだろう？　このまま何事も起きずにすんなり捕まるとは、どうしても思えなかった。もし、浜崎のマンションから出て来たとしたら、彼は何故、浜崎のマンションに行く必要があったのか？

由希は杉浦慎一の事を考えると、背筋に冷たいものを感じ、緊張から身の引き締まる思いがした。

杉浦慎一が捕まらない事には、真の心の平穏は、あり得ないのだ。

十一

　次の日の午前中に、沢木から電話が入った。杉浦慎一が出て来たマンションは、殺された塚本真也が、借りていたマンションだった。今月一杯の契約で、ご両親が遺品の整理のため、借りているらしいが、母親が床に伏せてしまったので、遺品の整理は全然捗っていないらしい。数日前までは、現場検証のため、出入り禁止だったが、今は警察も引き払ったらしい。鍵の問題もあるので、杉浦慎一が中に入れたかどうかは分らないが、警察も何のために、彼がそこにいたのか興味を持ったらしく、押収品の再検査を始めたという事だった。それと、周辺のパトロール強化を、指示したことも伝えて来た。

「ところで、奴っこさん、元気にしてるかい?」

「今日はまだ行ってないから、分らないけど、昨日見た限りでは、数日の入院で出られそう」

「良かったな。あんなに取り乱した由希を見たのは、初めてだったもの。惚れてるのか?」

「やぶから棒によしてよ。まだ、そんなんじゃあないわ。でも、死なせるには、若過ぎるし、惜しい人材よ。本人も無念でしょうし」

「俺に出来ることがあれば、言ってくれ。君には幸せになってもらいたいんだ。あまり、あれこれ考えずに、自分の気持ちに、素直になれよ」

「いつも適切なご忠告、有難とうございます。とくと肝に銘じておきます」

今度一緒に食事をしようと約束し、電話を切った。

塚本真也のマンションだったとは。一体何のために？　何か塚本は掴んでいたのだろうか？　しかし仮に、塚本が何か掴んでいて、それを隠し持っていたとしても、もう既に二人を殺した殺人犯が、指名手配も間近だった事を考えると、今更それを捜し出して何になろう。自首する気がないなら、逃げ延びる事を真っ先に考えるのではないだろうか？

しかし彼、杉浦慎一は、弟を拘禁し、捜査の手が伸びている事を承知で、何かを探し回っているのは、一体どういう事なのか？　何を目論んでいるのだろうか？

そこはかとなく、薄気味の悪さを感じずにはいられない。

昼休みの時間を利用して、由希と沙知子は事務所からは歩いても行ける、虎ノ門病院に、浜崎を見舞いに行った。売店でカサブランカの花を買った。由希の好きな花である。

病室をノックすると、浜崎の母親が開けてくれた。正式な自己紹介をしていなかったので、由希と沙知子は、それぞれ自己紹介をした。母親は、息子から聞いて、お名前だけはお二人共存じておりましたと言った。

二人が部屋に通されると母親は、用足しがあるので後を頼みます。と言って出て行った。

気を利かせたつもりらしい。

沙知子は昨日会っていなかったので、浜崎の腕や胸元から覗く火傷の跡に、驚きの声を上げていたが、それでも思ったより元気そうなのを見て、いつもの調子でからかい始めた。

「浜崎さん、本当は社長一人で来て欲しかったんじゃあないんですか?」

「当たり! でも沙っちゃんには、お礼を言いたかったんで、今日は丁度良かった。あの朝の電話、沙っちゃんが受けてくれたんで、今の俺がいるんだぜ。本当に有難とう。君は命の恩人だよ」

「えー、それ程でも。でもきっと社長にも同じ事言ってるんでしょ?」

「いや、命の恩人っていうのは、沙っちゃんにしか言ってない。ねえ、由希さん」

沙知子も由希も、それぞれ沙っちゃんと由希さんに、呼び方が変わっている事に気づいていた。何か昔からの友達同士みたいだ。沙知子はそれでも杉本君から沙っちゃんに変わって、親しみを持って言われているようで、嬉しかった。恋人にはなれなくても、妹分にはなれる自信があった。

「やっぱりあの電話は、一瞬のスキをついて、掛けたものなの?」

由希の問いに対し、浜崎はちょっと首を傾げながら、

「いや、そうでもないんだ。今でも良く分らないんだけど、あれはわざと兄貴が僕に、掛

けろと言わんばかりに、これ見よがしに置いたんだ、携帯を。そうとしか思えない」

え？　由希は訳が分らなかった。

「でも、あなたの腹を蹴ったり、タバコで火傷を負わせたりしたんでしょう？」

「そうなんだけど……それも変なんだ。もちろん、僕に対する憎しみもあったとは思うんだけど、それよりは、何かを聞き出したくて、僕がなかなか口を割らないんで、拷問のように火傷を負わせたとしか思えないんだ」

「何を聞き出そうとしていたの？」

「何をどこまで調べたんだとか、知っている事を言ってみろって。俺は殺ってない。嵌められたんだ。そいつを絶対、とっ捕まえてやる、この手で。だから、それまでは捕まる訳にはいかないって言うんだ。僕も最初は、何をこの期に及んで、往生際の悪い事言ってんだみたいに、思ってたんだけど、兄貴が僕に根掘り葉掘り聞いて来るのが、何か本当に真相を知りたい、掴もうとしているように思えて来て……。身贔屓と言われそうだけど、確かに兄貴は、堕落している。けど、人殺しまでする程のワルでは、やっぱりないような気がして来たんだ、四日間一緒にいて。あの人はいつも大体、人に嵌められて人生を狂わせる事が多いんだ。もしかしたら、今度もそのパターンじゃあないかと、実は今、真剣に悩んでるんだよ。僕が身内の情にほだされて、判断が狂ってるんだろうか？　とかね。明日、警察が事情聴取したいって言うんで、今日中に自分自身の判断に、決断を下さなくちゃあいけないし……」

由希は半ば呆気にとられていた。そんな展開があり得るのだろうか？　金槌か何かで頭を殴られたような、ショックを受けた。

(警察も既にテレビを通じてまで、顔写真入りで指名手配し、殺人犯と断定したというのに、それが間違いだったのだろうか？　もし仮に、彼が犯人じゃないとしたら一体誰が？)

由希は頭の中がパニックになりそうだった。今までの推理が、根底から覆されるのである。

由希は冷静にもう一度、初心に戻って、推理する事にした。幹部通用門を通れる十人をもう一度洗い直す必要があった。カギはきっとそこにある。

その時沙知子が遠慮がちに、

「でも、携帯が自由に使えたなら、もっと具体的に言いようが、あったんじゃあないですか？　東京タワー、マンションだけじゃあなくて」

「いや、あの時は兄貴がトイレに入る前に、これ見よがしに、僕の横にあった椅子の上に、携帯を置いたんだ。だから、本当に一瞬のスキではあったんだ。それに、その直前に腹を蹴られてたから、実際苦しくて唸ってたんだ。なにせ腹筋が弱いからね。退院したらジムに通うよ。冗談抜きで、手足を縛られてたから、東京タワーとマンション位しか分らなかったんだ」

「お兄さんが外出してる時は、どうしてたの?」

「兄貴が出掛ける時は、もう一人屈強な男が、ずっと見張ってた。浅黒くて、頑丈そうな男だった。サングラスを掛けてたから、顔は分らなかったけどね」

今度は由希が、遠慮がちに聞く番だった。

「浜崎君、こんな時になんなんだけど、気を悪くしないでね。専務が、殺人犯として指名手配されたとなると、お父さまは当然、引責辞任をなさる事に……」

「ああ、それは仕方ないだろう」

「となると、次期社長は、そのまま繰り上げで、副社長の神崎さんがなるの?」

「ああ、明日正式発表になるんじゃあないかな」

「そう、神崎さんて、まだお若い方だったわよね?」

「兄貴より一つ上だから、四十九歳かな? 確かに親父よりは随分若いよな」

「その若さで副社長というだけでも、大抜擢なのに、社長とは凄いスピード出世ね。R出版の生え抜きのエリートなの?」

「ああ、R出版きっての野心家で、やり手だよ。同期どころか、先輩たちを何人ごぼう抜きして、あの地位まで登り詰めた事か。親父の信任も一番厚い男だよ。とにかく仕事は出来るし、またよく働くよ。兄貴には欠けている所を、すべて備えている奴だって、親父も誉めてたよ。心の底では嘆いていたのかも知れないけどね」

由希も何度かR出版で見かけた事がある。いつも部下を三、四人ぞろぞろ連れ歩いていた。歩き方も機敏で、いつも何やら部下に、鋭い目つきで指示しながら、如何にも忙しそうに歩いていた。

いつも温和な感じの杉浦社長とは、対照的だったので、とても印象に残っている。

黙ってても、いずれは社長になる男である。創業社長は、生涯現役の人も確かに多いが、杉浦社長は七十二、三歳になる。あと、二、三年もすれば引退なさるはずだ。何も危ない橋を渡らなくても、社長の椅子は、転がり込んでくるはずである。

（でも、何か慌てなければ、早めなければいけない、状況でもあったとしたら？）

今回の事件で俄然、脚光を浴び、また得をする人物は誰か？　疑って見る価値は充分ありそうだった。

確かに杉浦慎一のこの期に及んでの行動は、合点がいかない点が多い。浜崎の言うように、嵌められたとしたら、真犯人は別にいる事になる。それは由由しき問題である。

「浜崎君、私も検証し直してみるけど、あなたは、自分の心に素直に判断した方が、正しい答えが出ると思うわ」

どっかで聞いたフレーズだ。ま、いろんな事に当てはまる事なのだ。

「由希さん、どうせ君づけで呼ばれるんなら、名前で呼んで欲しいですよね。淳一さんとかの方が良いよな、沙っちゃん、そう思うだろう？」

「思いません。それはお二人のプライベートの時に、して下さい。浜崎さんは一応、社長の担当編集者なんですよ。お忘れなく」

「本当ね。私は別にないけど、公私混同も甚だしいわね」

「二人共、病人に対するいたわりとか、思いやりに欠けてませんか？　一応、命の危険もあった訳で」

「浜崎君、もしかしたら本当に殺られるかも知れないと、本気で思った？　大事な事だから真剣に答えて」

いつにない由希の真剣な口調に、浜崎は感じる所があったらしく、これまた真剣な面持ちで、

「いや、四日間一緒にいて、それは一度たりとも感じなかった。火傷を負わせる時も、兄貴の目をじっと見たが、何んて言うか、答えてみろ、そうしたらすぐにでもやめてやる、とでも言いたげの目をしていた。痛めつける事を楽しんでいる風にも、好きでやってる風に

も見えなかった。確かに、色々な悪事に手を染めたかも知れないが、人殺しの目ではなかった。それだけは確かだ」

浜崎は、自分自身に確認するように、一語一語に力を込めて言った。

それが本当なら、身内にとっては大変な救いであろう。

由希と沙知子は明日の昼、また来る約束をして、病室を後にした。沙知子が気を利かして、先に出たのをいい事に、浜崎が由希の手を素早く掴むと、引き寄せキスして来た。由希は浜崎の唇についた口紅を軽く拭き取り、なおも抱き寄せようとする浜崎に、

「沙っちゃんが待ってるわ。また明日」

と言って、その場を離れた。

事務所に戻った由希は、早速、沢木に連絡を取ってみた。珍しく留守電だったが、連絡が欲しいとメッセージを入れた。

夕方近くになって、沢木から連絡が入った。

「おう。どうした？　面倒な事でも起きたのかい？」

由希は、浜崎が言っていた杉浦慎一の事、それから今度の一連の騒ぎで、杉浦社長が退陣し、神崎副社長が新社長になる旨を伝えた。沢木の反応を見たかったのだ。

「うーん、まだ何んとも言えないな、仮に身内の欲目だとしたら、とんでもないミスを犯

す事になるし、一応、新社長に副社長が繰り上がってなるという事も、通例通りだろ？　ただ、俺もちょっと気にはなっていたんだ。奴のここに来ての動きが。変と言えば変だが、覚醒剤の常習者だとしたら、異常な動きも説明がつくしな」

「本当に彼は、覚醒剤の常習者なのかしら？　それを証言したのは、元経理課長の松本さんだけでしょ？　もし、覚醒剤の常習者だとしたら、通常の勤務中にもそれとなく妙な目になったり、何かしらの異常をきたすはずじゃない？　浜崎君の話だと、四日間一緒にいて、彼の目を見て、殺人者の目ではないと思ったと言っていたけど。もし、覚醒剤常習者だったとしたら、特異な目になるはずだし、それは浜崎君にだって、見抜けると思わない？　何か、とんでもない見落としをしているような、気がするんだけど」

「君の言わんとする所は、神崎副社長を調べ上げて欲しいという事だろ？」

「流石！　一を聞いて十を知る沢木啓介！　ねえ、洗い直してみる価値は、ありそうじゃあない？」

「君は簡単に言うけど、洗い直すのは俺だろ？」

「今度のお食事の会計、私持ちでどう？」

「うーん、三次会まで行って、やっと経費の半分が出るかな、と言う所だぜ」

「本当？　そんなに掛かるの？」

「事と次第によっちゃあね。タダ働きする程、暇な人間に見えるのかな?」

「反対よ。まあボロ儲けしているとは、思っていないけど。ただ、あなたの正義の虫が疼くんじゃあないかと思って」

「ほらほら来なすった。そのおだてに乗って、この事件以来、本業がどっか行ってるんだぜ。うーん、よし。これが最後だからな」

「恩に着ます。私に出来る事があったら、何なりと申し付けて下さい」

「おーし、その言葉忘れんなよ」

次の日から由希は、ここ数日の仕事の遅れを取り戻すべく、気合いを入れて原稿に取り組んだ。昼休みも返上で、連載物の締め切りに間に合わせようと、励んだ。

昼休みに沙知子が今日はお見舞いに行かないのかと、尋ねに来たが、「仕事が優先よ」と言って、仕事に専念する事にした。書き上げたら夕方にでも、寄ってみるつもりだった。警察の事情聴取のことは気になる所だ。

夕方までに無事に書き上げた由希は、明日の午前中にワープロで清書して、R出版にFAXで送信する旨を、沙知子に指示し、浜崎の見舞いのため、事務所を後にした。沙知子も誘ったが、気を利かしたつもりなのか、「今日は遠慮します」と断わられてしまった。

由希は車をおいて、歩いて病院まで行った。病院の食事は早いので、由希が着いた時は、既に夕食も終わって、付き添っていた母親も入れ違いに帰ったところだったらしい。

由希がノックして病室に入った時、浜崎は天井を見つめて、考え事をしていたらしかったが、由希の顔を見ると、本当に嬉しそうに相好を崩した。浜崎のこんな顔を見るのは、初めてだったので、由希はまじまじと見てしまった。

「こんなに一日が、長く感じた事はなかったな。僕の首、伸びてない？」

「伸びて天井まで届きそうよ」

「またそんな冷静に、からかわないで下さいよ。今日は挨拶がまだなんですけど」

そういうなり由希の腕を抱き寄せ、唇を合わせて来た。ちょっとよろめいた由希を、しっかり抱き留めながらも、唇を離そうとはしなかった。

息をつこうと唇が離れた隙に、由希は浜崎から離れた。

「こんな所に、看護婦さんが来たら大変よ」

「平気さ。別に悪い事をしている訳じゃあない。好きな女《ひと》とキスをするのは、罪じゃあないよ。そんな事を気にするのは、如何にも由希さんらしいけど、早く気にならない女になって欲しいな」

「多分一生無理ね。〝三つ子の魂百まで〟と言うでしょ？　持って生まれた性分は、なかなか変えられないものよね？」

「まあ、いいか。二人きりの時なら、きっと大丈夫だろうから」

と言いながら、由希の目を覗き込んで来たので、由希は頬が赤らむのを、止めようがなかった。

由希は話題を変える事にした。

「午前中に、警察の事情聴取はあったの?」

「ありました、ありました。僕は、昨日一晩、よくよく考えて、自分なりの結論を出して、そのまま警察に伝えましたけどね」

「お兄さまが国立のマンションから、出て来た事は、聞かされた? 誰のマンションだったかも? 何故、そんな所に行ったと思う?」

「塚本は、真犯人の何かを掴んでいたために殺されたのか? それとも死ぬ時に、真犯人が分ったのか? 由希さんの聞いた、三沢との口論の時は、兄貴を疑っていたみたいだしね」

「私の国立の知り合いがね、田所部長の通夜の日に、一緒にいた方なんだけど、その方が、専務が、亡くなった塚本さんのマンションから、出て来るのを目撃したのよ。何故、専務だと分ったかというと、以前に二度程、田所部長のお宅で、見掛けた事があったからなのよ。という事は、少なくとも専務は田所部長のお宅を、二度は訪ねた事があるという訳よね？　私は、これを聞いて引っ掛かるんだけど。もし専務が親玉で、田所部長を使って危ない橋を渡っていたとしたら、わざわざ人目につくような事をするかしら？　自宅まで訪ねて行くなんて。ボスが部下の所を訪ねるっていうのが、不自然だわ。専務は何かを嗅ぎ回っていたと言ったら、失礼だけど、何かを探っていて、田所部長にたどり着いた。もしそこで、良心の呵責に苛《さいな》んでいた田所部長が、動揺してぶちまけそうになったとしたら、本当の親玉はあわてるわよね？」

「由希さん、本当にあなたって人は、その細い体のどこに、そんな透視術みたいなパワーを、秘めているんですか？　僕は、社内の調査の結果も、兄貴が限りなく黒に近いと言った事は、ありましたけど、何も洩らしてないですよね？」

「という事は、浜崎君も思い当たる事があるのね？」

「推測の段階なんで、由希さんにも洩らす訳にはいきません。今、調査班のメンバーに頼んで、調べてもらってます。ちなみに新社長の発表会見は、親父に頼んで数日延ばしてもらいました。こう言えば、勘のいい由希さんの事だから、察しはつくでしょ？」

「浜崎君、やっぱり私が見込んだだけの事はあるわ」

　由希は思わず、火傷の跡の事も忘れて、浜崎を思いっ切り抱き締めた。浜崎が切れる男だった事が、とても嬉しかったのだ。

「いたたたた。いつ見込まれたの？　憶えはないけど、こんな褒美が貰えるんなら、よしとしようっと」

二人はもう、正真正銘の恋人同士のようだった。

十二

この二日後、事件は大きく急転した。

国立の富士見台の公園で、松本前課長の絞殺体が、朝のジョギング中の住人によって、発見された。その数時間後、今度は、亡くなった塚本のマンションで、遺品の整理のため上京して来た、塚本の母親によって、杉浦慎一の死体が発見された。首を吊って死んでいたという。

当初警察は、杉浦慎一が、松本前課長を殺って、自分も覚悟の自殺を遂げたという見解だった。そうすれば、流れとしては一切の辻褄が合うと見たのだ。真犯人もそれが狙いだったのだろう。

当初は、二人の死亡推定時刻もそれぞれ、松本前課長が、前夜の十時半頃。杉浦慎一は十一時頃と推定された。

しかし、塚本の母親が、少しショックから立ち直り、発見当時の状況を話し始めた事で、この死亡推定時刻は、微妙になって来た。

塚本の母親が、息子のマンションの部屋に着いたのは、朝の十時十分前だったそうで、それは、玄関を入った正面の壁に掛けてある時計を見たので、正確に記憶しているという。その時、部屋が涼しいというよりは、寒い程だったので、おや？　と思ったという。何しろ猛暑の七月で、外の気温は三十度近くまで、上がった日だったので、この寒暖の差は印象に残ったはずだ。

それから玄関を入ると台所と食堂があり、そこを通って、和室と洋室の二室があるのだが、どちらの部屋のドアも開いており、洋室を見た時、失神しそうになったという。それはそうであろう。そこに見るも無残な見知らぬ男の、首吊り死体を発見したのだから。時間にして五分程母親は、腰を抜かして、足腰が立たなく、しゃがみ込んでいたが、這って電話まで行き、警察に通報したという。警察の記録では、十時に通報を受けたとなっているので、この母親の記憶は、ほぼ正確という事になる。

そして、通報した直後から、急に部屋の中がむし暑くなり始めたので、エアコンを見ると、十二時間タイマーが、丁度切れた所だった。温度設定も一番低い十八度に設定されていたという。道理で半袖では寒いはずだ、と思ったという。十二時間のタイマー設定だとすると、前夜の十時の設定という事になる。これから死のうとする人間が、わざわざタイマーを設定する、しかも、十二時間というのは、どう見ても不自然である。そこから、杉浦慎一は昨夜の十時には既に、何者かによって自殺のように見せかけられて殺害され、死亡推定時刻を遅らせるために、十二時間タイマー設定の冷房をかけられたと見るのが、妥当であろうという見解が生まれた。

しかも現場検証をした刑事たちが、首吊り自殺の形としては、妙に不自然だという印象を持ったというのだ。

大体、今のマンションの造りで、ましてや独身男性の住む二DKのマンションというのは、それ程、しっかりした造りとは言えない。今はマンションの建築も、部屋を広くするため、なるべく出っ張りを出さない造りにしている。天井に首を吊るためのロープを、通すようなものなどない事は、周知の事実だ。

杉浦慎一は、作りつけのクローゼットの上置き部分の取っ手に、ロープを通し首を吊っていた。取っ手の部分は、杉浦慎一の体の重みで、今にも取れそうな程、ネジがゆるんでいたという。踏み台には、椅子を使う程の高さもなく、周りに電話帳やら雑誌が、散乱している所から、一応、これらを踏み台に使ったと思わせたかったと見える。というのは、警察は、死因は、絞殺による窒息死で、後で自殺のように見せかけるための偽装工作として、首吊りの状態を作ったと見ていた。

二人の死亡推定時刻の誤差であるが、昨夜の東京は二十八度の熱帯夜であった。最低気温が二十八度で、公園は東側に位置しているので、死体発見の八時には、太陽がぎらぎらと照りつけていた。片や十八度の冷房のがんがん利いた部屋に、発見時まで置かれていた死体とでは腐敗の速度も違って来る。一時間の誤差が出たとしても、不思議はないという事になって来る。杉浦慎一が昨夜の十時に殺され、松本前課長は十時半に殺された、という見方が俄然、濃厚になって来た。

これらの情報は無論、沢木によってもたらされたものだ。

杉浦慎一死亡の知らせを聞いて、母親は気を失い、そのまま入院した。由希も今となっては、浜崎の兄の死は、とても悲しくもあり、また、とても気の毒に思えた。仮に、杉浦慎一が真犯人であったのなら、逆にその死を潔し、と思えたかも知れないが、まさしく嵌められた上、罪をきせられて殺されたとしたら、犯人は、断じて許せないと思った。

死亡を報らされた日の夕刻六時に、由希の事務所に沢木啓介と、一時外泊を許された浜崎と、由希と沙知子が集まった。

その席で、沢木が開口一番、

「岩木一味が、さっき五時十五分に、しょっぴかれたぞ。無論、罪状は、覚醒剤の密輸・販売、仲介といった所だ。だが警察は、今回の殺人事件との関連を一番に、問い詰めるだろうから、自分たちが殺人罪に問われたくなかったら、ゲロするのは時間の問題だろうな。そうしたら、必ず、今回の連続殺人犯は、浮かび上がって来る。また、あいつらの証言が何よりの証拠になるし、今回の事に限って言えば、信憑性があるからな」

それを聞いて、居合わせた三人は、互いの顔をみながら、小さく拍手した。今は、岩木らのゲロが、事件解決への一番の近道だと、分るからだ。

「ところで、神崎副社長の事で、何か判った事はありました？」

由希の問いかけに対し、浜崎と沢木が同時に振り向いた。先に浜崎が、

「これは、社内の極秘調査分野なんで、この場では、一語たりとも洩らす訳には、参りません」

「あ、ごめんなさい、浜崎君。沢木に聞いたんで、お宅の社の事情は、理解しているつもりよ。それと、改めて言うと、何んて言ったらいいのか、言葉が見つからないんだけど、お兄さまの事、心からお悔み申し上げます。私もとても悔しくて、お気の毒で、真犯人は絶対、許せないわ」

「私からもお悔みを言わせてもらうよ。お兄さんが、嵌められた上に、罪を着せられて消されたとしたら、同情を禁じ得ないし、そんな事をする奴は、断じて許せないな」

沢木の後には、沙知子もお悔みを言い、しばし四人は、沈黙した。それぞれが、黙禱《もくとう》したのだ。浜崎がいつになく、しんみりとした声で、

「実は僕、兄貴に監禁された四日間がなかったら、兄貴は人間じゃねえ位にしか思ってなかったんだけど、もちろん弱くて人生を誤った兄貴だけど、あの四日間初めて一緒に過ご

した事によって、根っからのワルじゃあない事も、僕に対しても、身内の情は多少なりとも持ってたんだって思えて、兄貴の死を聞かされた時は、本当に声を上げて泣きましたよ。自分でも驚く程、悲しくて可哀想で、バカだなって思って。独り、病院の屋上で泣きました。もし、生きてたら、これから本当に兄弟のつき合いも出来て酒でも呑み交わせたのに、と思うとやっぱり淋しいですね」

「大丈夫。これからは社長がずっと傍にいてあげるから。あっ、済みませんでした。場違いな事を言ってしまって……」

沙知子は、沢木の存在を思い出し、あわてて訂正したが、当の沢木が、

「そうだよ。浜崎君。兄弟もいいけど、一生の伴侶はもっと大事だからな。多少、薹《とう》が立ってるけど、君に惚れてる事は、この俺が保証するから、末永く可愛がってくれ。俺は途中下車した男だけど、人生の終点まで末永くな。俺からも宜しく頼む」

「ちょ、ちょっと待ってよ、皆な。今日はそのために集まったんじゃあないでしょ？　真犯人の手懸かりを、少しでも捜せたらという……」

「由希さん、それは警察の仕事だし、実際、岩木らの証言と、沢木さんの内偵、我が社の極秘調査の結果が出揃えば、直に捕まりますよ。我が社にとっては、またまたの大きなイメージダウンですがね。逆に、兄貴が死んで沈んだ気分の時に、由希さんの親しい方たち

から、こんな励ましの言葉を頂けるなんて、何よりの薬ですよ。元気百倍、猛烈にアタックするぞっていう感じですね。もう、覚悟した方が、いいですよ、由希さん。逃げられませんからね」

「そうだ。由希。観念しろ。いつまでも突っ張ってると、行き遅れるぞ。今、逃がしたら、ランクはどんどん下がると思った方がいい」

今日は沢木までが、どうした事か？　もしかしたら、今日の集まりの趣旨を、取り違えてたのは由希だけで、三人がしめし合わせて臨んでいるのだろうか？　由希は腑に落ちず、三人の目を順番に覗き込んだ。最後の沙知子が、居たたまれず、目を逸したので、ははん、と納得した。次いで、沢木を睨んだ。主犯だと思ったからだ。

「オーケー。確かに僕らも、同じ趣旨で集まったさ。けど、こんなに暗いニュースばかりじゃあ、第一、浜崎君、彼の心中を思ったら、お兄さんが死んだその日だぜ。悲しみを和らげてあげるのが、友人知人てもんだろ？　それで、特効薬は何かって言ったら、由希のことしか浮かばなくってね。それで、自然にこういうことになってしまったという訳さ」

「それは、とてもプライベートな事だし、いくら親しい人ばかりとは言え、私も三十五よ。周りから言われて、結婚というか再婚を決める年じゃあないわ。それに恋愛と結婚て、違うでしょ？　結婚は生活ですもの、そんなに浮かれた気分では決められないわ。ましてや、一度失敗し、まだ一年もたってないのよ。はい、そうですか。という訳にはいかないでしょ？　それより、無論犯人を捕まえるのは、警察の仕事でしょうけど、でも、何もしないでじっとしていられないのよ。何んとしても、真犯人を挙げない事には、皆な浮ばれないでしょ？　尊い四人の命ばかりか、その家族の悲しみを思った時、どれだけの罪を犯しているると思う？　でも、そいつはのうのうと生きて、もしかしたら地位も名誉も、手に入れようとしている。そう思ったら、居ても立ってても居られないと思わない？　私たちの事なんか、二の次、三の次よ。だって、ここにいる私たち四人は生きてるし、健康だったら、いくらでもチャンスはある訳だし、楽しい事、嬉しい事もあるかも知れない。でも、殺された人たちは、突然、そのすべてを絶たれてしまったのよ。その無念を晴らしてあげたいという想いだけは、いつも持っていたいのよ。もちろん、私たちが集まって、情報を収集したところで、なんぼのものかも知れないけど、捕まえるまでは、警察の人たちと一緒に、犯人を追いつめて行きたいの。気持ちだけでも……」

由希のいつにない激しさに、居合わせた三人は、さっきまでとは打って変わって、シンとなった。それから、沢木がおもむろに口を開いた。

「確かに、由希のいう通りだよな。俺も折角これまで色々骨を折って来たのに、詰めで気を緩めちゃあ、駄目だよな？　皆な初心に戻って、犯人逮捕に協力するか？　ここの四人は意外に強力な助っ人かも知れんぞ。浜崎君、どうだい？　他ならぬ由希の頼みでもある訳だから、この際、極秘扱いとか固い事言わずに、調べた事を出し合ってみないか？　いずれ知れ渡るのも、時間の問題だろ？　俺も、自分の情報と、そっちの情報を照らし合わせてみたいと、思ってたんだ、実は。意外に、俺らの方が先に、真犯人に辿り着くかも知れんぞ」

「そうですね。分りました。今から照らし合わせてみましょう。僕も実は、沢木さんの情報が知りたくて、うずうずしてたんです」

それから四人は、部屋の真ん中の空スペースに、椅子を四脚丸く並べて座った。主に、沢木と浜崎が、それぞれ調べ上げた事を報告し合った。沢木は由希に頼まれて、主に神崎副社長の事を調査したのだが、沢木は沢木なりの読みがあって、先に調べ上げた故杉浦慎一の罪と思われた部分に、神崎がどれ程、関わっていたのかを検証する方向で調べ上げていた。無論、日数的にも二日と短かかったので、完璧とは言い難かったが、睨んだ通りの成果はあったと自負していた。

「ただ、細かい所で言えば、どの辺からはっきりと、神崎副社長が関与しているのかが、掴めなかったんだ。浜崎君の方は、その辺、どうなんだい？」

「こちらも松本前課長が殺されているので、どの辺からという確認は、正確には難しいんですが、経理課の話では、明らかに流れが変わったな、と思える時点があるそうなんです。流れというのは、数字の動きなんですけどね。今となっては、兄貴も松本前課長もいないので、生き証人はいませんが、一つの目処《めど》にはなると思います」

「あのう……私にはお話が抽象的過ぎて、良く分らないいんですけど……」

と沙知子。他の三人は、そこで初めて気がつき、三人が顔を見合わせた。沙知子は、その前の調査結果も何も、報らされていないのだ。

「ごめん、ごめん。沙っちゃんには何も話してなかったものね」

由希は以前は、すべて故杉浦専務の罪と思われた調査内容をかい摘んで説明した。沙知子は流石に、目を丸くして、驚いていたようだったが、一言も発さず、最後まで聞いていた。全部聞き終えると、

「あのう、それで、流れが変わったと思えるのは、どの時点なんでしょうか?」

「あ、それなんだけど、最初は僕らも、兄貴が麻雀、競輪、競馬とギャンブルが好きだった事も、負けが込んでいた事も、知っていたんです。経理をチョロまかして、穴埋めしていた事も、薄々気づいていていたし、見て見ぬ振りという訳じゃあないけど、社長以外は意見出来ないという所もあって、公認みたいだったんだけど。ただ、この時の額は、今から思うと、可愛いい金額というのかな、立て替えられない金額じゃあなかったんだ。

ところが、十年程前から、その額が半端じゃあなくなった。株の損失補填という事で流用されたと、亡くなった松本前課長が、証言してくれたんですが、実は、松本前課長が解雇になる前に、父が課長を呼んで、この事実を聞き出していたんです。父には、どうしても納得がいかなかったんだそうです。

僕に内密に調査を依頼して来たのは、そのためだったらしいんですが、その時は、僕が変な先入観を持たないように、何の予備知識も与えなかったそうです。というのは、父には、兄が株に手を出すという事自体、合点がいかなかったそうなんです。やはり、親ですからね。自分の息子を良く見てたんでしょう。父は兄に対して、とても小心者で、遊びとしてギャンブルに興じる事はあっても、株をやるタイプではないし、そんな知識は持ち合わせていないと、踏んでいたんです。しかも、あんな大きな額の投資が出来る人間じゃあない事も、見抜いていたんです。明らかにこれは、息子に罪をなすりつけて、誰かがやっているという疑惑を強めながらも、一応、自分の息子にも、問い詰めたそうです。

兄は、その前の横領がバレている事を知って、弁解がましい事を言っていたそうですが、株の損失補填の話や、その額に話が及ぶと、始めは、呆気に取られて狐につままれたような顔をしていたそうですが、それは、濡れ衣だと言って、猛烈に反発したそうです。そして、誰が俺を嵌めようとしているんだ！　と言って、苦しんでいるようだったとも、父は

言っていました。あれは、演技でそういう事が言える奴じゃない、株はやってはおらんよ
慎一は、とやっと教えてくれたのが、おとといですよ。もっと早く言って欲しかったです
けどね。僕としては。
そこから判断していくと、覚醒剤の密売なんてのは、兄にとっては絵空事ですよ。ちなみに、兄が覚醒剤の常習者だったという証言を、松本前課長がしてましたが、僕ら遺族も警察も、その点を一番先に確認したいと思っています。まだ、最終的な事は言えませんが、小耳に挟んだんですが、覚醒剤の常習者は、松本前課長のようで、兄の方はそういう痕跡も見当たらないそうです」
「それで、段々見えて来たな、奴らの手口が。田所部長然り、松本前課長然り、最初はきっと逆らったと思うが、まあ、誰でもそうだろう。普通に暮らしていた人間が、いきなり覚醒剤の密売の手助けなんて、おいそれと乗れる訳がない。そこでだ、無理やり、飲ませるか、打つかして常習者にし、言う事を聞かせようとしたんだろう。普通のワルじゃあ考えつかない事だな。余程の野心か何か強いものを持っていないと、ここまでは出来んよな。だが、発端となったのは、株での損失だろう。この補填から歯車が、大きく狂ってしまったんだろうな」
ここで、由希が初めて口を挟んだ。

「でも、その罪を亡くなった杉浦専務に、全部着せてたのが、神崎副社長だという確証は、何も挙がってないんでしょ？　限りなく黒だと、そんな事をし得るのは、あの人しかいないと分っていても、関係者が皆んな殺されてるんじゃあ、立証は難しいわよね？　岩木らだって、否定すればそれまででしょ？　浜崎君、塚本さんは何を知ってて、殺されちゃったのかしら？　口論していた三沢さんなら、何か心当たりがあるかしら？」

「実は今夜、三沢と会う事になっているんです。八時の予定だからすぐ連絡が来るはずです。ちなみに三沢は、神崎副社長の甥です」

言った途端、浜崎の携帯が鳴った。浜崎は「分った」とだけ言うと携帯を切った。

「僕は今からR出版で、三沢に会います。二、三確かめたい事もあるし」

「まだ体も本調子じゃあないのに、大丈夫？　何かあったら心配だわ」

「この時間だと結構な人数が残ってますからね。手荒な事はしないと思いますけど。心配だったら後で携帯に連絡を入れて下さい。報告しますので」

「分ったわ。気を付けてね」

残った三人も夕食のため、事務所を後にした。歩きながら沢木が言った。

「こうなると、岩木らを警察がどう攻め落とすか、その手腕にすべてが掛かってるな。奴らがゲロさえすれば、神崎の逮捕・自供は時間の問題さ。それは保証するよ」

浜崎淳一がR出版に着いたのは、八時五分前だった。十階建ての自社ビルの各階の、ところどころの窓にまだ灯りがあった。

浜崎が約束の屋上に行くと三沢はすでに来ていた。

「待たせたかな？」

「いや、今来たばかりだ。体の方はもういいのか？　それと専務のこと、御愁傷様でした。社長もショックだったろうな。息子が連続殺人犯だなんて……」

「本当に兄貴が犯人だと思ってるのか？」

「いや、俺だって信じたくないけど、ニュースじゃ覚悟の自殺だって言ってるし」

「その見解は撤回されたよ。他殺という事が判明した」

「ということは別に犯人がいるってことか？」

「そういうことになるな。心当たりはないか？」

「何故俺に聞く？　え？　浜崎、何が言いたい？」

「何か言いたい事が、おまえの方にあるんじゃあないかと思ってね」

この時明らかに、三沢に何かが起きた。振り向いた時の目の異様な輝きは、ある常習者のそれだった。浜崎は素早く三沢の右腕をめくり上げた。紫色の注射針の痕が数ヵ所あった。

「これは何だ、三沢。誰にやられた?」

「放っといてくれ。同期の友達だと思ったから来たけど、刑事《デカ》みたいな口利きやがって、何様のつもりだ?」

「三沢、おまえこそ目を覚ませ。これからの人生に関わることだぞ。一生を棒に振る気か? 何を恐れてるんだ」

「離せ。放っといてくれ、俺のことなんか、もうどうでもいいんだ」

三沢は思いっ切り体当たりしてきて、浜崎をコンクリートの上に突き飛ばした。

浜崎の口から呻き声が洩れた。背中の火傷の傷から一斉に、膿《うみ》が吹き出したと思った。やおら起き上がった浜崎に三沢はなおも、体当たりして来た。浜崎も受けて立つ事にした。もう手加減はなしだ。浜崎の左からのアッパーカットが決まり、三沢はよろめいて、金網の柵に崩れ落ちた。再び立ち上がると今度は、フックの構えで挑んで来た。浜崎も同じ構えで応戦する。殴り合いは久し振りだったが、三沢の鬼気迫る感じが、体の痛み以上に不気味だった。

(薬漬けにされたところを見ると、何かを知ってしまったということだろうが、どこまで知ってるのか? それでも庇《かば》うつもりなのか?)

三沢が知ったのは、ごく最近のはずだ。少なくとも塚本殺害の時までは、何も知らなかったのではないだろうか？

「三沢、洗いざらい吐き出した方が楽になるぞ。一人でしょい込んだって、所詮、しょいきれる代物じゃないことは、おまえ自身が一番分ってる筈だ。庇い立てしたところで時間の無駄だ。そうは思わないか？」

「うるさい。おまえに何が分る？　社長の息子のおまえに。塚本は死んだ。俺が殺したようなもんだ。無二の親友だったのに。もう取り返しはつかない。やり直しもきかないんだ。だからもう俺には構うな。放っといてくれ」

三沢は狂ったように浜崎めがけて、右から左からパンチを浴びせて来た。浜崎も同じようにパンチを返した。病み上がりとはいえ、学生時代からスポーツで鳴らし、剣道と空手の心得もある浜崎の方に分はあった。ただ、出来れば、無意味な殴り合いは避けて、もっと腹を割った話し合いをしたいと思っている浜崎と、浜崎にぶつかって来てはいるが、実は、自分自身を傷めつけようとしている感のある三沢とでは、おのずと勝負はついていた。三沢は何かに取り憑かれたように、打たれても打たれても、打ち返して来た。それでも七割方は、浜崎のパンチが入ったが、めげずに打ち返して来る。もう二人共、息が上がり、へとへとだった。三沢は鼻血も出していた。しかし、殴り合いをやめようとはしない。倒れるまで、いや死ぬまでやる気なのか？　ふと、そんな思いが浜崎の脳裡をかすめた。直後、またしても浜崎の左からのアッパーカットが決まり、三沢はよろめいて倒れ込んだ。今度は流石《さすが》に起き上がれないでいる。浜崎もよろける足で、三沢が倒れ込んでいる傍まで行くと、その場に座り込んだ。三沢は目を閉じたまま、ぐったりしている。

「おい三沢、大丈夫か？　おい！」

ゆすってみるが返事がない。打ち所が悪かったのか？

この時、浜崎の携帯が鳴った。由希からだった。

「もしもし、浜崎君。今話しても大丈夫？」

「ああ、大丈夫。ちょうど良かった。三沢の奴がのびちまって返事がないんだ。屋上から一人で運ぶのも無理があるし、最悪の時は救急車を呼ぼうと思ってるんだけど、今がその時らしい。由希さん、呼んでもらえますか？」

「分かったわ。二人共R出版の屋上にいるのね？　殴り合いでもしたの？」

「そんなところです。面目ない」

「そこに居てね。呼んだら私も行くから」

由希は一一九番通報をし、自分もR出版の駐車場に車を乗りつけると、エレベーターに向かったが、受付を済ませていない事に気づいて、正面玄関の方に回った。

と、その時だった。一台の車が急発進すると、由希の方に向かって来た。咄嗟《とっさ》に危険を感じた由希は、走り出した。駐車場には、二、三台の車しかなかった。相手にとっての死角はないに等しい。由希はそれでもその車の陰に隠れながら逃げたが、いつまでもそこに隠れている訳にもいかない。車から出て来て危害を加えられることも、あり得るからだ。由希は意を決して、出口めがけて全速力で走った。キキキキとタイヤを軋《きし》ませながらも、スピードを落とすことなく車は執拗《しつよう》に迫って来た。由希の意図を読んで先回りし、出口の方から今度は迫って来た。否応なく由希は反対方向の駐車場の中へと逃げる。エレベーターの方へ向かおうとすると先回りして、今度は今来た方角へ逃げざるを得ない。ドライバーが黒のサングラスをかけていることだけは、ちらと目に入ったが、ライトの眩しさと、逃げるのに必死で男か女かを見極める余裕などなかった。三、四回同じようなことを繰り返しただろうか？

由希は足がもつれて転んでしまった。這いつくばりながらも車の陰に隠れようと、必死に逃げる由希めがけて猛スピードで迫って来る。由希が車の陰に辿り着くより、車のスピードの方が早そうだった。由希は心の中で最早これまで、と目を瞑《つぶ》った。

しかし、車は由希の横を、幾分かスピードを落とし走り去っていった。呆気にとられ放心状態の由希の目に、エレベーターの方から二人の男性が話しながら、車の方へ歩いて来るのが見えた。由希が隠れようとした車だ。あの二人が由希を救ったのだ。

車の近くまで来た二人は、由希が座り込んでいるのを見て驚いたようで、小走りに駈け寄って来た。

「大丈夫ですか?」

「ええ、大丈夫です。ちょっと転んだだけですから」

「立てますか?」

二人は由希の両側から立ち上がるのを支えてくれた。ふいに由希の目に涙が浮んだ。

「どこか怪我でもされたんじゃあ。両膝から血が流れてますよ。痛みますか?」

「いえ、本当に大丈夫です。ちょっとすりむいただけですから。ご親切にありがとうございます」

由希は礼を言うと、スカートの埃を払い、なおも心配そうにしている二人に一礼し、出口に向かった。恐怖の後の人の親切に触れ、嬉しさと恥ずかしさとで、これ以上親切にされたら本当に泣き出してしまいそうだった。

R出版の正面玄関に、救急車の姿はなかった。受付で聞くとつい今しがた出たという。

由希は駐車場まで戻ると入口で、中を恐る恐る覗いた。さっきの車はない。由希は幾分急ぎ足で自分の車に向かう。素早くキーを差し込みエンジンをかける。一刻も早くここを出たかった。表の通り沿いに出たところで、浜崎の携帯を鳴らした。

「はい、もしもし浜崎です。今、虎ノ門病院に向かってます。すぐ、着きます。三沢はたった今気がつきました。軽い脳震盪かも知れないと救急隊員の方もおっしゃるんですが、一応検査のため、入院します。由希さんも来ますか?」

「ええ、勿論行きます。じゃあ、その時に」

虎ノ門病院に着くと由希は、真っ先にトイレに向かった。破れたストッキングを脱ぐと片足ずつ洗面ボールで水を流しながら洗った。少ししみる感じはしたが、骨がどうのということもなさそうだし、すり傷程度で済みそうだった。ハンカチで丁寧に両脚を拭くと、気を取り直して、急患の処置室へ急いだ。診察室の前のベンチに二人の姿はなかった。窓口で聞くと二人とも処置中という事なので、ベンチに腰かけて待つよりなさそうだ。所在なげに二十分程待っただろうか?

顔中絆創膏だらけの浜崎が、診察室から出て来た。

(怪我の絶えない男《ひと》ね!)

由希は心の中でそう呟いたが、口から出た言葉は違っていた。

「まあ、浜崎君大丈夫? 随分派手にやったものね」

「これしき怪我のうちに入りませんよ。看護婦さんが大袈裟に貼ったりするから、却って恰好悪いったら……」

「三沢さんはどうなの？」

「今検査中だけど脳の方は大丈夫みたいだな。あちこち打撲は負ってるけどね」

「そう。それは良かったわ。でも、今夜は泊まりかしら？」

その時、診察室のドアが開いて、幾分深刻な面持ちのドクターが現れた。素早く浜崎がドクターの元へ駈け寄り、二人はひそひそ話を始めた。二、三分話したかと思うと浜崎が、

「宜しく御願いします」と言って頭を下げている。由希の方へ戻って来ると、

「今夜は僕らは帰ろう。三沢とは話もついてるし」

由希はこの時になって初めて、膝にずきずきと疼くような痛みを憶えた。ちょっとぎこちない歩き方に浜崎も気づき由希の脚を見た。

「由希さん、どうしたんですか？　膝すりむけてますよ」

由希はさっきの出来事を話した。

「うーん。危ない所でしたね。でもそれ位で済んで、本当に良かった」

「三沢さんとの話はどんなだったの？」

「三沢も覚醒剤の常習者の様になってました。多分、警察の事情聴取を受ける事になるでしょうが、暫くは更生施設に入る事でしょう。本人の了解はまだ取ってませんが」

由希は〝彼〟が犯人だとしたら、完全に常軌を逸していると思った。結局、浜崎はその

まま病室に戻り、由希は車で帰路に就いた。

十三

四日後、沢木の言った通りになった。

警察は岩木らグループ五人の逮捕者の、内部からの切り崩しに掛かった。先の逮捕容疑に加えて、今回の連続殺人事件の重要参考人としての、取り調べもするというものだった。彼らを何度か取り調べた事のある、捜査二課からの助言で、落とし易いという福田と、岩木の末弟の治を、先ず攻めた。一日目の取り調べを終えた時点で、翌日には必ず落ちると見た警察は、そうなった時の残りの三人の落とし方の作戦を練った。しかし警察も、今まで二十年以上、詐欺では一度も立件、起訴にまで持っていけなかった岩木らが、今回は意外と簡単に落ちた事に、反面では拍子抜けしたという。

今まで、詐欺罪については、あの手、この手でさんざん言い逃れていた彼らも、事今回の逮捕容疑では、逃がれられないと踏んだのだろう。ましてや、殺人罪などに問われたら、たまったもんじゃあないと観念したらしい。すべて、神崎副社長の指図でやった事だと、ボスの岩木が滔滔《とうとう》と述べたという。警察としても、下っ端が証言するよりはずっと信憑性も高いとして、大歓迎した事は言うまでもない。

四日目の朝、警察は神崎副社長の逮捕状を持って、パトカー三台でR出版に向かった。R

出版では取締役会議が行われており、神崎副社長が、何故新社長就任の発表を急がないのか、杉浦社長に向かって、問い詰めていた、正にその時だった。警察が会議室に乗り込んだのは。しかし、その時点でも神崎副社長は、いの一番に警察に向かって、

「何だね、君たちは。失敬じゃないか。誰に許可を得てここに入ってきたのだね？　今は我が社の一大事で、大事な会議中だというのが分らんのかね」

と、怒鳴り散らしたという。

警視庁の捜査一課も負けじと切り返した。

「裁判所の許可を得て、あなた、神崎宏を連続殺人犯として逮捕する」

時間は、午前九時十五分だった。

もはやこれまで、と思ったのか神崎は、その場に崩れ落ち床に両手をついて突っ伏して、嗚咽を洩らしていたという。

それからの取り調べに対して神崎は、半ば夢遊病者のように、他人事のように、聞かれるままますべて自供したという。

ほとんど沢木や浜崎らが調べ上げた通り、由希らの推理通りだったが、塚本は田所部長の使い走りをしていたが、内容は知らせてなかったらしい。だが、田所部長が殺害された事で、嗅ぎ回り出したので、後々面倒な事になる前に消したという事だった。甥の三沢の

電話で塚本が専務の悪業を暴いて、田所部長の仇を取ってやるというんで口論したと言って来たので、携帯の番号を教えてもらって、その晩に決行した。塚本は死ぬ時に、事実上のワルを知る所となった。

田所部長殺害の件は、ほぼ推理通りであった。ただ、常々足を洗いたいと思っていた田所部長に、踏ん切りをつけさせたのが、杉浦専務というのが興味深かった。杉浦専務は田所部長に自分は散々、親不孝をし、会社に対してもロクな働きもして来なかったが、今回の罪の着せられ方は、見過す訳にはいかない。何故ならそいつの目的は、自分を嵌めるだけじゃあない、会社そのものの乗っ取りを、企んでいるからだ。冗談じゃあない。それだけは自分が阻止してやる。それが最初で最後の親孝行になるし、間違いなく淳一が継ぐ所まで、見届ければ、自分はR出版には無用の人間だから、後は好きに生きる。どうせ、こんな命、惜しくはないさ。命と引き換えに、そのワルを締め上げられたら本望だと、田所部長に親玉を教えてくれと、三度に亘り接触して来たという。田所部長が受けた感じでは、目星は大体ついているようだったが、確証を得たがっているようだったという事だった。

神崎の供述では、杉浦専務が田所部長に接触して来なければ、一連の連続殺人事件は起きなかっただろう。自分は殺人など、これっぽっちも頭になかったと供述したという。

では、杉浦専務が接触して来た事で、何がどう歯車が狂ってしまったのか？

元々、奥さんの治療費捻出のため、良心の呵責に苛まされながら、悪事に加担していた田所部長だったが、その罪をすべて杉浦専務になすりつけることに対しては、さほど後ろめたさはなかったという。田所部長は、社長を崇拝して、R出版に入社を決めた程だったので、社長に逆らい、ギャンブルに興じたり、経理をチョロまかして、社長の顔に泥を塗って歩く杉浦専務には、以前から何とか灸をすえるか、痛い目に遭わせたいと思っていたので、神崎の提案には異を唱えなかったという。だが、杉浦専務と接触する中で、専務が自分の今までの生き方を後悔し、親不孝をして来たことも踏まえた上で、男として、息子として、これだけはやり抜くという覚悟を見せられて、田所部長は我が身を振り返り、また杉浦専務に対しても見方を新たにする事となった。この人にすべての罪を着せようとする自分が、卑劣極まりない人間に思えて来たのだ。それと同時に、神崎の最終的な狙いが、息子の杉浦専務を嵌める事で、杉浦社長を引きずり降ろし、R出版そのものを、我が物にするという事に初めて気づき、神崎を問い詰めたという。神崎は取り調べの中で、

「何を今さらと思いましたよ。そんな事、ちょっと考えれば思い当たるはずなのに、何せ彼は、奥さんの治療費捻出のため、泣く泣くですから、そりゃあ常習者にでもさせなきゃあ、あの手の人間は、加担しないでしょう。いつ発狂して寝返るかも知れないんでね。何しろ彼は、社長の崇拝者だったもんで、つなぎ止めるのに、あの手この手で、結構苦労し

てたのに、あの杉浦の接触で、すべて水の泡ですよ。何を血迷ったか田所の奴、社長をこきおろして会社を乗っ取るなんて事に、加担するつもりはない。『俺は金輪際足を洗う。バラされたくなかったら二千万円用意しろ』って啖呵を切りやがった。用意出来ないと言ったらって切り返すと、『今までの悪業を洗いざらい、社長に話して詫びて、もちろん会社も辞める。訴えられるかも知れないが覚悟は出来てる。女房はもう記憶が戻る事もないし、あの状態で生きながらえたって、本人も幸せである訳がねえ。その時は、二人で逝く覚悟も出来ているから、常習者にさせたって、余り意味はないよ、神崎さん』と来やがった。殺るしかないでしょう？　刑事さん」

杉浦慎一と松本は、何故、どうやって殺ったかという取り調べに対しては、

「松本は前から消すしかないと、思ってました。塚本を殺った時点で、私に不審を抱くようになってましたんでね。いずれ、こいつも本当のことを、バラすと脅して来るに違いないと、踏んでました。殺る前にちょこっと、杉浦殺しの片棒を担いでもらいましたがね。いや、杉浦から話があるから会いたいと言って来たんで、丁度いい機会だと思ってね。この世から私の過去の痕跡を消す、絶好の機会だと思いましたよ。人目につかない場所という事で、塚本のマンションを指定しました。この部屋のスペアキーは、持ってましたんでね。松本には口止め料として、二千万を出すと言って、最後の一仕事だけはしてもらうと、マ

ンションに呼びつけて置きました。自分の墓場になるとも知らずに、のこのこやって来た杉浦は、松本さんもいるんなら丁度良かったなんて、呑気な事を言ってましたよ。

大体、アイツはボンボン育ちで、ただ社長の息子に生まれたというだけで、仕事もロクにせずに、専務取締役なんて地位にいやがる。ヘドが出る。入社して来た時から俺は、コイツの下で働く事だけはしたくないという一心で……。刑事さんたちに判りますか？　それこそ血を吐くような想いで仕事をして、今の地位を手に入れたんですよ。俺は大学も、自分でバイトして、学費を稼いで、四年でちゃんと卒業したんです。アイツのように恵まれた環境で、生まれ育ってないんですよ。貧しい農家の七番目の子供ですからね。生まれた時から厳しい生存競争の中で育ってきたんですよ。それを株の投資に失敗した位で、いや、あれは失敗じゃない。日本全体の経済が、そういう時だった。俺だけじゃない。もちろん、俺も若かったから功を焦ったが、もし、成功していれば、会社の益になったんで、運が悪かっただけなんです。それで、これまでの努力も功績もすべて無くなるなんて。さらに、将来の夢もすべてパーなんて、我慢出来なかった。きっとまた、挽回出来る時機が来る、その時まで何とか凌ぐつもりだった。

だが、そんなチャンスは一向に巡って来なかった。前の穴を埋めようと次から次へと、世間じゃあ裏稼業と言われる事にも、手を出して、その先はもう、行き着く所まで、行くしかなかった。他の手立てはもう思いつかなかった。会社のトップに登りつめるまでは、何んとしてもバレずに行くしか俺には残されてなかった。この十年、毎日生きた心地なんてしませんでしたよ。毎日が針の筵《むしろ》で。十年前に戻れるのなら、どんなに戻りたかったか」

ここで、取り調べの刑事が口を挟んだ。

「本当にそう思ってたんなら、殺人を犯す前に、やるべき事があったろう？　それとも、出世は、人を殺す事より大事で、立派だとでもいうつもりか？　甥まで常習者にさせおって」

この時、神崎は初めて、机に顔を突っ伏すと、号泣したという。

結局杉浦慎一は、松本前課長が後ろから抱き込んだ所を、神崎がロープで絞め殺し、あのような自殺の工作をしたという事だった。共犯になってしまった松本は、呆然として言われるままにマンションの前の公園に素直について来たという。そこで睡眠薬入りのカップ酒で乾杯し、眠りこけたところで、またもや絞殺したという。こうして四人すべてを、絞殺したのだ。若い頃、建設作業員や荷おろしのようなバイトをしていたので、腕力には人一倍自信があり、この方法が自分に適していると思ったという。

神崎逮捕から三日たった夕方、またしても由希のオフィスに集まった四人は、沢木から神崎の供述のハイライトを聞かされ、暫し、言葉がなかった。沢木がつけ足すように、

「それから、奴っこさん、今になって四人も殺してしまったという事に、怖くなったのか、

寒気がして止まらないと看守に言ってるそうだ。夜もなかなか眠れないと言って、日に日に目が窪んで、げっそりしているらしい」

由希には、げっそりとしている神崎など想像もつかない。いつも精力的で自信ありげで、鋭い目つきで指示を出していた姿しか、記憶に残っていなかったから。しかしあの姿は、虚勢を張っていたのだ。内心では、いつバレるかもしれないと、恐れおののいていたのだと思うと、哀れみと虚しさ、ある意味での儚さも感じてしまう。

人間とは何んと、愚かな生き物であろうか。また、欲に取り憑かれた人間の、行き着く所を、端的に見せつけられた想いがした。皆、何故、引き返す勇気を持てなかったのだろう？　たとえ大きな犠牲を払ったとしても、これ程の犠牲に較べたら、取るに足りないのでは、ないだろうか？　世間をお騒がせした連続殺人事件は、神崎の逮捕と全面自供によって、幕切れとなった。R出版の受けたダメージも、与えたダメージも、相当なものだった。社内の人事は大きく紛糾し、マスコミからは、暫く再建不能では？　等と叩かれ、同業者はこぞってテレビの生番組に出演し、出版業界全体に及ぼしたダメージは、計り知れないものがある。R出版は大手であるだけに自重と、世間も納得する改善策を、早急に提示して欲しいとか、中には、古参の幹部は全部退いて、若手に任せて、まったく新しいR出版として、再出発してはどうか？　等々それこそ意見が紛糾した。今や巷は、R出版の話題でもちきりだった。それだけ日本は平和なのだ。

由希は、テレビのスイッチを入れる度に展開される、R出版問題に関する報道に耳を傾けながらも、敢えて浜崎には連絡を入れなかった。浜崎から連絡が入る事もなかった。今R出版は、正に〝存亡の危機〟そんな時に弱音を吐いて、連絡して来るような浜崎なら、由希は今後の付き合いは無しと決心していた。それ程由希にとっても、R出版の出方は注目に値したし、〝正念場〟と思えた。

永遠に続くと思われた沈黙を破って、R出版が、世間に〝宣戦布告〟とも取れる人事を発表したのは、それからひと月後の事であった。

午後の番組の途中で、特番のように速報で、会見の模様が、テレビに映し出された。

杉本沙知子に急かされながら、オフィスのテレビに見入ると、各局、各紙の報道陣が見守る中、会見場には杉浦淳也社長に続いて、ひと月ぶりに見る浜崎と、R出版で見かけた事のある三十代と四十代の男性が、それぞれ後に続いて姿を現した。どの顔も緊張のためか、幾分引きつっているように見えた。由希はこの顔ぶれを見て、おや、と思ったが、会見が始まる頃には、もしやに変わった。

会見を聞いて、全身に鳥肌が立った。

何んと、杉浦社長が代表権のある会長になり、あの浜崎が、二十八歳の若さで、R出版の新社長に就任したというのだ。後日談では、社内ではとりわけ若手社員の、圧倒的な支持と、何故か老幹部の後押しがあったという。無論、社内はもめにもめた事だろう。他は副社長に四十代の男性が、専務には三十代の男性がなったと発表された。

由希には浜崎が急に、遠い存在に思えた。いずれはR出版をしょって立つ人間だとは思っていたし、そうなって欲しいと願っていたが、よりによってこの時期に、しかもこの若さでなれる程の逸材だとは正直思ってもみなかったので、動転してしまったのだ。沙知子も、呆気に取られてポカンと口を開けている。

事務所の電話が、けたたましく鳴った。由希が出ると、沢木からである。

「よう、テレビ見たかい？　奴っこさん、社長だぜ。度肝を抜かれたって感じだな。おい、どうした？　びっくりして声も出ないのか？」

「ええ、確かにびっくり仰天よ。R出版も思い切った事をやるものね」

「何んか元気ないな。嬉しくないのか？　未来の夫になるかも知れない男が、あの若さで社長になったんだぜ。もっと発奮しないと、あれだけのいい男だ、ライバルが噴出するぞ。由希の女の真価が問われる時でもあるんだから、今から尻ごみしてどうする？　いつでも助っ人に、参上するぞ」

「そんな事より、彼はこの重責をこなせると思う？　こんな時期に、それこそこんな若造に、こんな重荷をしょわせて、R出版にはそんなに人材がいないって事を、世間に晒したとは思わない？」

「まあ、〝案ずるより産むが易し〟という事もあるだろう？　俺はなかなか粋な計らいだと思う。奴っこさん、あれでなかなか、〝帝王学〟を身につけているところがあるから、結構、期待出来ると思うよ。まあ、彼の社長就任で、また暫く世の中の話題独占だな。だが、あれでなかなかマイペースの男だから大丈夫だろう」

沢木の話を聞いていると、由希にも何となく、そう思えて来た。浜崎には前から〝何か〟があると思っていた。その〝何か〟が、これから現実化してゆくという事だろうか？　それをもし目の当たりに出来るというなら、それはとても大きな楽しみのようでもあり、怖いような気もする。浜崎の男としての器量を見せつけられたら、由希はきっとイチコロだろう。浜崎という男を、深く愛してしまいそうで怖かった。きっと、そうなったら一生、他の男は愛せなくなってしまうのではないだろうか？　好かれている時は天国かも知れないが、捨てられた時は、いや、振り向かれなくなったら、地獄なんてもんじゃあない。由希にはその時の自分が、今から手に取るように分かる気がした。そうなる前に、今身を退いた方が、傷は浅くて済む。今ならまだ間に合うはずだ。由希の中で、もう一人の自分がそう囁いていた。

「おい、由希、聞いてるのか？　どうしたんだい？　まさか、住む世界が違うとか言って、弱腰になってるんじゃあないだろうな？　あまり、思い悩むんじゃあないぞ。奴っこさんに任せて、じっと待ってみるんだな。昨今は待つ女なんてのは、流行らないかも知れんが、昔も今も、甲斐性のある男を、女は待つものさ。そうしたら、その時の気持ちに素直に従うというのが、由希にとっても一番正しい判断、というよりは選択が出来るはずだ。彼にゲタを預けてみろ。一生を賭けることができるかも知れない男だぞ」

「有難とう。何だか心が落ち着いて来たわ。あなたのお陰よ。伊達に人生を長く生きてる訳ではないのね？　一緒に暮らしていた時には、気づかなくてごめんなさいね」

「いや、俺も由希に別れを切り出されて、色々と考えるようになって、遅ればせながら少しは賢くなったんだよ。じゃあ、もう、大丈夫だな？　よし、また連絡する」

　由希が受話器を置くと、途端に電話が鳴った。国立の白木百合江ちゃんのお母さまからである。やはりテレビで浜崎の社長就任を知って、電話を掛けて来たのだ。世間でもセンセーショナルな出来事らしい。それからすぐ、下林素子からもあった。随分長い事、話し中だったけど、という前置きは忘れなかった。皆、由希の担当編集者だった若い彼が何故？と思ったのだろう。二人には浜崎が杉浦会長の息子である事を知らせた。いずれは知れ渡る事だろうし、その方がこの話題に早くピリオドを打てる気がしたからだ。案の定、下林素子は、なるほどね、それで納得がいったわ、と言うと早く皆に知らせたくて、うずうずしているのが、電話を通しても伝わって来て、由希としても電話を切り上げ易かった。

十四

それからの一週間は、由希にとって、ひと月程の長さに匹敵した。それでも表面上は、世間の騒ぎをよそに黙々と執筆に専念し、浜崎にも連絡を入れる事はしなかった。社長就任の際にも、お祝いの電話を入れなかったのに、この期に及んで掛けるというのは不自然であろう。浜崎からも連絡は入らなかった。浜崎自身、この時点で自分が社長に就任するとは、夢にも思わなかったであろう。あの若さで、R出版設立以来の危機に直面した会社と、大所帯の社員とその家族の生活を背負って行かなければならなくなったのである。相当の決心と責任を持って、望む所存であろう。由希の事などに、神経が行っているようでは、乗り切れるものではない。

頭では理解していても、心の中はやはり、一抹の淋しさを拭い去れなかった。由希はその淋しさを忘れようと、必死に仕事に没頭しようとした。そうする事で次第に、浜崎がどんな結論を下しても、動揺を最小限にくい止めて、受け入れられるような気がして来た。

仮に将来、浜崎と共に歩む事になったとしても、R出版の再建なくしては、未来などないのだ。浜崎にはトップとしての度量と決断力、実行力を持って事に当たって欲しかったし、世間が唸るような会社に生まれ変わらせて欲しかった。そんな事もせずに、ただ、自分の傍にいてくれたらと思ってはいなかった。男はやはり、仕事である。仕事あっての男であるから、ここぞという時は、すべてを忘れて踏ん張って欲しい。由希はそれ位の度量は、持ち合わせていた。

さらに、一週間が過ぎた。土曜日であったが、由希は例の如く出社し、沙知子は休みを取っていた。

午後に入って陽射しも一段と強まり、由希は机の前で、ついうとうとしていた。その由希の耳に、遠くでベルの音が聞こえて来た。その音は段々大きくなり、鳴り続けている。寝惚け眼の由希は思わず、机の上の受話器を取ったが、ベルの音が鳴り止まない。ソファの上に置いた、バッグの中で鳴っていた。

ようやく気づいた由希が携帯を取り上げ、発信者番号を見ると、浜崎からである。幾分ドキッとしたが、努めて平静な声を出そうと一つ咳払いをし、受話器に向かった。しかし、由希が言葉を発する前に浜崎の、懐しい声が聞こえて来た。

「由希さん、お久し振り。元気にしてた？」

それはひと月半振りとは思えない程、とても自然であった。由希は何故か、胸が詰まって、込み上げて来そうで、言葉が出なかった。

「由希さん？　由希さんですよね？　声を聞かせてくれませんか？」

由希は涙声にならないよう祈りながら、

「はい、私です。由希です。本当にお久し振り。随分大変だったみたいだけど、大丈夫?」

「僕は大丈夫ですけどね、外見よりはタフなんでね。ただ、会社はまだまだ大変です。でも社員の士気は上がってるんで助かるんですが、僕が社長としては、まだ力不足で、自分でも歯がゆいんですが、こればかりは一朝一夕には無理でしょうから、これから時間を掛けて、じっくりやっていきますよ。僕と由希さんのようにね」

「えっ?」

「えっ、じゃあないですよ。もう忘れたんですか? 僕が本気だって事」

由希はまたもや、胸が詰まってしまい、今度こそまともな声が出そうもなかった。

「由希さん? また固まってるんじゃあないでしょうね? このひと月半、一日たりとて由希さんの事、忘れた事ありませんよ。というより由希さんがいつも傍にいると思ってたから、頑張れたのかな? ひと月も休みなしで、毎日深夜でした。一段落するまでは連絡すまいと決めてましたから。連絡なんかしたら、それこそ怒鳴られるんじゃあないかと分かってましたから由希さんの気性を。でも、全然、連絡しなくてちょっとは淋しくなかったですか?」

「淋しかったわ、ちょっと。本当をいうと、かなり淋しい時もあったわ。でも今は我慢の時だと思ったから、私も連絡入れなかったの」

「本当、やっぱりただ者じゃないですね、由希さんは。それともそれは年の功？」

「ええ、きっと年の功ね。それ以外の何モノでもないわ」

それから少し、二人の間に間があった。それを埋めたのは、浜崎だった。

「それから三沢ですけど、更生施設で大分良くなっているようです。復帰後のポストは確保してあるから、ちゃんと直して戻って来いと言っておきました」

「それは、本当に良かったわ」

「ところで明日の日曜日は、何か予定がありますか？　久し振りに休みがとれたんです」

「まあ、何よりね。ゆっくり休んで英気を養った方がいいわ。聞き遅れたけど、火傷の傷痕はもういいの？」

「やはり若さでしょう。もうほとんど痕も残ってません。何ならお見せしましょうか？」

「いずれ拝見させて頂きます」

「ヒューッ、凄い進歩ですね。固まるの覚悟で言ったのに、期待以上の返事で、嬉しい限りだな」

「いいえ、深い意味はないのよ。今度お会いした時に、腕を見れば分るでしょ？」

「まあ、それ以上の追及は止めにして、明日の返事……」

「明日はどうしたいの？　浜崎君は。折角取れたお休みだから、ゆっくりお休みすればって、逆に思ってしまうけど……」

「僕は毎晩遅くても、帰ればバタンキューで疲れは一日で回復してましたんで、体は問題ないんです。心は、由希さんと一緒にいれれば、癒されるんです。だから、別にどこにも行かなくてもいいから、一日一緒に過ごせたらと思ってるんです。由希さんの家に行ってもいいですし」

「私の家？　いいわ。じゃあ明日の十二時頃いらしてみて。ランチの準備しときますから、一緒に食べましょ。どう？」

「もちろん、結構です。じゃあ、明日のその時間に。それまで、さようなら。風邪をひかないでね」

「有難とう。あなたもね」

二人は暫く、互いに相手が先に切るのを待っていたが、ほぼ同時に電話を切った。

十五

翌日、朝八時に起床した由希は、カーテンを思い切り開けた。雲一つない快晴である。浜崎は〝晴れ男〟なのかも知れない。

トーストにミルク、それとコーヒーだけの簡単な朝食を摂ると、部屋の掃除にかかった。手際良く九時少し過ぎまでに掃除を終えると、ランチの仕度にかかる。昨晩手間のかかるラタトゥイユだけは作って冷蔵庫で冷やしてある。これは最低でも、前日に作って冷やしておかないと、美味しくない。本日のメニューは、イタリアンである。

直前に仕上げた方が美味しいものを除いて、魚介類をボイルして、これまた冷蔵庫で冷やしておく。これと直前に和えるグリーンアスパラを茹でて冷やしておく。パスタも直前に作るので、十時までには仕度も終わった。

ちなみに本日のメニューは、前菜がポピュラーな、トマトとモッツァレラチーズ、ラタトゥイユ、スモークサーモンのディル巻きレモンとオリーブオイル添えと、結構豪華版だ。それに魚介のサラダ、これは自信の一品だ。それにシンプルなトマトソースのパスタ、三種のチーズにパン、ワインと盛り沢山である。量は加減出来るが、品数はあるに越した事はない。通常、これだけのランチをレストランで摂った場合、五千円コースは下らない。それだけの手間はかかっているのだ。

だが由希は、自分以外の人のために料理を作るのが、久し振りだった事もあって、楽しんでいた。元来、料理は食べるのも、作るのも大好きなのだ。

料理の下ごしらえが済むと、一息入れようと、コーヒーを飲んだ。飲みながら、テーブルクロスの色とナプキンの色をどれにしようかと悩んでみる。女性にとっては、こういう時間は何とも楽しい。部屋を眺め渡しながら花瓶の位置はあそこでいいのかしら？　クッションの配置はどうかしら？　総点検してみる。何しろ浜崎が初めて訪ねて来るのである。彼の描いていたイメージ通りだろうか？　大きく外れるのだろうか？　それもまた楽しみである。

由希は洗顔と化粧を手早く済ませると、着替えた。着替えると言っても、家の中で、夏の真っ盛りの事なので、ハワイに行った時に購入した、ノースリーブのコットンのロングドレスに着替えた。これに、エプロンを掛け直すと、テーブルにクロスとナプキンをセットした。テーブルクロスは陽気なイタリアンのイメージで、大柄な花柄のクロスに、その中のバラの色と同色のランチョンマットと、ナプキンを用意した。部屋の中が、パッと華やいだ。グラスとナイフとフォークもセットする。

さあ、いよいよ仕上げにかからねば。

由希は再びキッチンに立つと、手際良く、料理の総仕上げに入った。盛り付ける皿を先ず決めた。料理はパスタ以外、全部冷やした料理なので、冷蔵庫の中でそれぞれストックし、すぐ盛り付けられるよう準備した。

最初に出すスパークリングワインが、程よく冷えていることを確認すると、ワインクーラーに氷を入れて、その中に納めてテーブルに運んだ。

その時、玄関のチャイムの音がした。十二時五分前である。またもや時間厳守。由希は応答し、オートロックのドアを開けた。エレベーターから出て来た浜崎が目に入った。

「こっちよ」

ちょっとキョロキョロしていた浜崎が、声に気づいて近づいて来るのが分る。由希の前に立った浜崎は、両手を後ろに回したままだ。由希が背中へ視線を這わせると、由希の目の前に、真紅のバラの花束とシャンパンの瓶を差し出した。ヴーヴクリコのシャンパンだ。由希がファンである中田英寿が好きなシャンパンだと、担当編集者になってすぐに教えた事があったが、それを憶えていての事だろう。ベルベットのような、深い色合いのバラだった。この時期にこれだけのバラを見つけるのは大変だったはずだ。

「由希さんの年と同じ本数を買いたかったんだけど、バラが揃わないんでやめて、沙っちゃんの年の分にしました」

「まあ！」

由希は思わず吹き出した。買っている光景がはっきりと目に浮かんだ。

「でも、ありがとう。とっても嬉しいわ。プレゼントなんて思ってもみなかったから」

「このシャンパンを見て、彼方遥かローマの地にいるヒデを、懐しんでもらえたらと思いまして」

やっぱりそうだ。由希は目の奥が、ジーンと熱くなった。由希はバラとシャンパンを持ったまま、両手を浜崎の首に回して抱きつくと、

「ほんとにありがとう。こんなことに気のつく浜崎君て、大好き」

最後はほとんど聞き取れなかったはずだ。声が詰まってしまってたので。無論、浜崎には通じていた。浜崎は両腕を由希の背中に回し、優しく抱き締めた。

「こんな些細な事で、喜んでもらえるなんて、僕の方こそ嬉しくなっちゃうな。由希さんて、可愛いいんだな」

初めて気づいた口振りだった。由希も柄にもなく照れて、離れた。

「おなか空いたでしょ？　仕度出来てるから座ってて」

由希は、リビング・ダイニングに浜崎を通すと、洗面台のボールに水を張り、バラの花束を浸した。応急処置である。

リビングに戻ると、浜崎が部屋中を、興味深げに見渡していた。その表情からだけでは、どういう判断をしたのかは分からなかったが、後の楽しみでとっておいた。

由希はキッチンに入ると、アンティパストを、それぞれ盛りつけて、テーブルに運んだ。

「浜崎君、ワインクーラーのワインの栓を開けてもらえる?」

由希の声に、ハッと我に返った浜崎は、テーブルの上のスパークリングワインを取り出し、ナプキンで押えながら、コルクを抜いた。ポンと勢いのいい音と共に、シュワーッという炭酸の音が、渇いたノドに浸み入るようだった。そうだ。ノドが渇いていたのだ。由希は、魚介のサラダも運ぶとテーブルに並べ、取り敢えず、ワインで乾杯した。

「ひゃー、由希さん、これ全部由希さんが作ったんですか? 昨日の今日ですよ。徹夜でもしたんですか?」

「まさか。お忘れ? これでも十一年間主婦してたのよ。料理と家事全般は、嫌でも得意になっちゃうでしょ?」

「ならない人もいるでしょ。取り敢えず食べてみていいかな? まるで、レストランに来たみたいだ。うん。美味い。このラタトゥイユでしたっけ? イタリアンの店と同じ味ですよ。このサーモンも旨いや」

浜崎は、並べられた料理をすべて、一口ずつ口に運んだ。

「私もついラタトゥイユって言っちゃうんだけど、イタリアンでは、カポナータって言うのよね」

「あっ、そうでしたね？　どっかのイタリアンで訂正された憶えがあるな。でも魚介のサラダ、美味しいですね。由希さんを恋人にすると、この料理もセットでついてくるって事ですよね？　羨ましがられるだろうな」

食事中の会話は、料理の一つとして味わう事にしている由希なので、浜崎の言葉は、このランチを、より味わい深いものにした。

デザートのケーキまでは、流石に手が出ない程、二人は料理を平らげた。最後に、エスプレッソコーヒーを飲み終えると、やっと胃も落ち着いて来た。

リビングのソファに席を移していた二人は、ぴったり並んで座った。思えば初めての体験である。浜崎は自然に、由希の肩に腕を回して来た。そのまま、由希の顔を自分の方に向けると、唇を重ねて来た。浜崎のキスを受けながら、由希の閉じた瞼から、一筋の涙が頬を伝って落ちた。

長いキスの後、浜崎は由希の涙を指で優しく拭いながら、目を眺き込んで来た。由希も初めて、まじまじと浜崎の目を見つめ返した。ふっと笑みが洩れて、柔和な顔になった。こんなに優しい顔をみるのも、初めてだった。

「由希さん、忘れない内に言っておきます。まだ、ペイペイの社長だけど、これからも末長く見守ってもらえますか？　違うか。もっとはっきり言うと、これからの人生を僕と共に歩んでもらえませんか？」

由希は内心、吹き出しそうだった。二十八歳の若者のプロポーズにしては、古めかし過ぎないかしら？　由希の心が、顔に表れたのだろう。浜崎は由希の両腕を掴むと、

「由希さん、僕は本当にあなたが好きなんです。狂おしい程に。誰にも渡したくない」

そう言うと、きつく抱き締めてきた。由希にも浜崎の気持ちが痛い程伝わってきた。

「こんな私でいいの？」

「いいのは、分ってるでしょう？」

ふたたび二人の唇が重なった。

著者プロフィール

崔　伽菜（さい　かな）

東京都在住

「国立《くにたち》狂騒曲」は、小説家としてのデビュー作である。

趣味はケーキ作りとレース編み。

国《くに》立《たち》狂騒曲

2001年10月15日　初版第1刷発行

著　者　崔　伽菜

発行者　瓜谷 綱延

発行所　株式会社 文芸社

〒112-0004　東京都文京区後楽2-23-12

電話　03-3814-1177（代表）

03-3814-2455（営業）

振替　00190-8-728265

印刷所　株式会社 平河工業社

ISBN4-8355-2502-7 C0093